W0283664

edition exil

Denis Mikan

Emil

edition exil

Denis Mikan: **Emil**
Roman
edition exil, wien 2002

herausgegeben von christa stippinger
layout: philip scheiner
covergestaltung: davor mikan
lektorat: christa stippinger, xaver bayer
redaktionelle mitarbeit: eva auterieth, walter ratley u. a.
druck: remaprint
© alle rechte bleiben beim autor

ein projekt des vereins exil in zusammenarbeit mit dem
verein kulturzentrum spittelberg/amerlinghaus

Inhalt

Nirgends bist du zu finden. Die Welt ist leer.
Ein Gartenstuhl, eine vergessene Liege draußen.
Zwischen scharfen Steinen klirrt mein Schatten.
Ich bin müde. Ich rage aus der Erde.
János Pilinszky

Emil steht in der Kaiserstraße vor einem großen Schaufensterspiegel und beobachtet sich, unauffällig, wie einer, der nur zufällig da stehen geblieben ist, um ein Taschentuch aus der Tasche zu holen, um zu überlegen, ob er in das Geschäft eintreten soll, oder wie ein Fremder, der sich verlaufen hat, auf einmal verunsichert ist und nicht mehr weiß, welche Richtung er einschlagen soll. Er tut so, als ob er gerade in Gedanken versunken wäre und mit den Fingern der linken Hand etwas Wichtiges aufzuzählen hätte. Eine Frau bleibt neben ihm stehen und setzt eine Art Wartemiene auf. Sie merkt aber, dass er keine Absicht zeigt, sich von der Stelle zu rühren, und geht verärgert und mit aufgeplustertem Haar weiter. Als sie in einer Seitengasse verschwunden ist, brummt er vor sich hin: Frauen!

Sein Spiegelbild erscheint ihm einigermaßen verzerrt und entfremdet, und er stellt sich vor, er würde seine eigene Gestalt zum ersten Mal sehen.

Der gichtbrüchige Körperbau überrascht ihn, denn er hat einen größeren Mann erwartet und keinen Schwächling. Die plumpen Augen, die das Licht so reflektieren, als wären sie aus dem Glas, aus dem man Murmeln fabriziert, erschrecken ihn, und er macht einen Schritt zurück. Würde man nach dem dummen Spruch »Die Augen sind der Spiegel der Seele.« urteilen, könnte man denken, seine Seele wäre längst verdunstet.

Die fette Nase, wie bei einem Boxer durch wiederholtes Verletzen verformt, und die poröse, krank aussehende Wangenhaut fallen nicht besonders auf und passen ganz gut in das Bild, das er konstruiert hat. Seine nach außen leicht gewölbte Stirn ist nicht allzu hässlich, und das lange schwarze Haar ist weder schwammig, noch wächst es buschartig, wie bei Menschen, die vor einem Krieg flüchten mussten und über Nacht ergrauten.

Zum Glück, denkt er, sind die Ohren mit Haaren bedeckt, denn die könnten seltsam hervorstechen und einen zum Lachen bringen. Der Nacken, der sichtbar ist, ist zierlich und schwach, sodass man bei jeder Kopfbewegung befürchten muss, einen Knacks zu hören und den Kopf von den Schultern fallen zu sehen – die wie bei einem zwölfjährigen Jungen gebaut sind, ohne sichtbare Spuren irgendeiner Muskulatur.

Als Kind dachte er, dass Spiegel, einem starken, konzentrierten Blick ausgesetzt, zerbrechen könnten, und dass es Menschen gibt, die dazu jederzeit, ohne sich wirklich anstrengen zu müssen, im Stande wären.

Heute glaubt er, wenn er sich in einem Spiegel sieht, jemand befindet sich dahinter und sieht ihm zu oder nimmt alles auf eine Videokassette auf, um es für spätere Analysen aufzubewahren. Vor einiger Zeit hatte er versucht, darüber ein Gedicht zu schreiben, blieb aber schon beim Titel unentschlossen. Er hatte es sich leichter vorgestellt, und er entschied, keine Gedichte mehr zu schreiben.

Beim Weitergehen erwägt er noch, einen großen Spiegel für seine Wohnung zu kaufen, wo er sich jederzeit nackt ausziehen und seinen Körper genau erforschen könnte.

Emil sieht eine Straßenbahn, die um die Ecke biegt und auf ihn zukommt, und er eilt zu der nahe gelegenen Haltestelle. Der hintere Waggon ist halb leer, und er geht ganz nach vorne, wo es nur zwei Plätze gibt. Kurz darauf setzt sich eine ältere Frau neben ihn, deren Blick auf einen nur in ihrer Vorstellung vorhandenen Punkt ausgerichtet ist. Ihre Lippen formen ein leichtes Lächeln, wie bei Menschen, die einer lang erwarteten Nachricht zuversichtlich entgegen gehen.

An der nächsten Haltestelle steigt eine noch ältere Frau ein und stellt sich ausgerechnet neben ihn. Obwohl es ihm sehr peinlich ist, bleibt er sitzen, denn in der Straßenbahn aufzustehen, wäre ihm noch peinlicher. Dann steht er doch auf und stellt sich vor die Tür. Als die Straßenbahn hält, drückt er nicht auf den Türknopf und murmelt nur: Hmmm, wie jemand, der sich nicht mehr sicher ist, wo er aussteigen wollte.

In der Mariahilfer Straße, die während der Geschäftszeiten voller Menschen ist, hat er jedes Mal Angst vor den Greenpeace Aktivisten, denn er fürchtet, einer von ihnen könnte plötzlich die vorgetäuschte Geduld verlieren und unvermittelt auf ihn einschlagen. Deshalb versucht er, als er an ihnen vorbeigeht, sich wie alle anderen zu benehmen:

er beschleunigt seine Schritte,
er lächelt dämlich,
er schaut in die andere Richtung und ignoriert sie,
er sagt, dass es nichts zu retten gibt,
er trotzt ihnen und marschiert erhobenen Hauptes weiter,
er wirft ihnen vor, verdeckte Kommunisten zu sein,
er sagt, dass er schon Mitglied ist und zieht eine beleidigte Miene auf, als man daran zweifelt,
er weist bedeutsam mit dem rechten Zeigefinger auf seine linke Hand, dorthin, wo man normalerweise eine Uhr trägt,
er spricht sie in seiner Muttersprache an,
er regt sich auf, wenn man versucht, ihn mit der Hand aufzuhalten,
er flucht gleich, als er sie sieht,
er sagt, dass es ernsthaftere Probleme gibt,
er zeigt sich am Thema interessiert und verspricht, heute noch in der Ruhe seines Wohnzimmers darüber nachzudenken.

Trotz allem fühlt er sich unsicher und hat Angst, als Nachahmer erkannt und entblößt zu werden, und obwohl er weiß, dass man einen farblosen, leicht erkennbaren Kollektivmenschen heute nicht duldet, fallen ihm keine neuen oder originellen Ausreden ein.

Im Café Ritter bestellt er sich einen Apfelstrudel, blättert die Zeitungen durch und versucht herauszufinden, ob sich in der Welt etwas Wichtiges ereignet hat. Dann denkt er über individuelle Eigenschaften nach, die ihn von den anderen unterscheiden könnten, es kommt ihm aber, neben seinen Fehlversuchen im Schreiben, nichts Besonderes in den Sinn.

Er erinnert sich, dass er lange versucht hatte, eine seinem Wissen entsprechende Arbeit zu finden. Nach Vorstellungsgesprächen hatte er sich immer gewundert, dass seine Qualifikationen und seine Erfahrung nicht ausreichen sollten. Dann hatte er durch die Lektüre eines Karriereratgebers erfahren, dass alle erfolgreichen Menschen eine unbestreitbare Individualität auszeichnet. Er warf seinen Lebenslauf weg und schrieb einen neuen. Er wurde ein begeisterter Langläufer, er liebte den polnischen und iranischen Film, er interessierte sich für skandinavische Undergroundmusik. Alle botanischen Seltenheiten in Österreich waren ihm geläufig, und ein Überleben und ein produktives Schaffen waren ihm plötzlich nur mit Hilfe von Kaffee möglich. Er schätzte Teamgeist und freute sich schon auf die

Vielfalt der unterschiedlichen Persönlichkeiten, mit denen er in dem betreffenden Unternehmen zusammen arbeiten sollte.
Als man ihn beim nächsten Vorstellungsgespräch fragte, was er nicht möge, deklamierte er mindestens dreißig Dinge wie Unprofessionalität, Volksmusik, Mittwochnachmittag, Unentschlossenheit, Angst, Wohnungen im Erdgeschoss, schlechte Autofahrer oder Donuts.

Endlich bekam er die Stelle als Netzwerkbetreuer.

Er sah ihr beim Weggehen zu und schwieg, als wäre sie ein lästiger Gast, der endlich beschlossen hatte, nach Hause zurückzukehren. Manchmal blinzelte er und stellte sich vor, er wäre woanders, und manchmal starrten seine wie erloschen wirkenden Augen einfach vor sich hin. Er bemühte sich, wie ein gelassener Mann auszusehen. Er lungerte herum und wollte nichts unternehmen, das den Eindruck erwecken könnte, dass er beleidigt war. Er schwieg auch, als sie ihn zum Reden aufforderte. Er schwieg, denn er hatte nichts zu berichten. Eigentlich hatte er überhaupt keine Einwände oder Vorschläge. Sie tat alles noch langsamer und geduldiger als üblich, noch überlegener, als hätte sie einen perfekt ausgedachten Plan. Sie packte ihre Sachen in zwei große Koffer, sie zog sich um, schminkte sich sorgfältig und pedantisch, als ginge sie mit ihm aus, ins Kino oder in ein Konzert; in ihrem Gesicht konnte er nicht erkennen, worüber sie gerade nachdachte oder was sie empfand. Er regte sich ständig auf und verbarg es unter einer grausamen Miene. Als sie einmal eine alte Fotografie suchte oder ein vergessenes Buch, das sie in die Bibliothek zurückbringen musste, schien es ihm, als hätte sie sich endgültig ihrem Weggehen zugewandt, als würde sie nicht mehr auf ihn achten. Als wäre er gar nicht da. Er verfolgte alle ihre Bewegungen. Er wartete auf ihren Zusammenbruch. Er wartete darauf, dass sie sich zu ihm setzen und ihr Gesicht mit den Händen verdecken würde. Er hoffte, sie würde gleich in Tränen ausbrechen und ihm gestehen, dass sie es nicht ernst meinte. Nach einer gewissen Zeit wusste er nicht mehr, wie lange er sie schon beim Weggehen beobachtete, und er fragte sich, ob sie nicht immer schon im Aufbruch gewesen war. Eines Abends lag er im Bett und versuchte, sich an den Augenblick zu erinnern, als er das erste Mal gemerkt hatte, dass sie ihn verlassen würde. Er drückte auf seine Augen und schaltete die Tage wie Sequenzen eines Filmes zurück, konnte sich aber nur des Tages entsinnen, an dem er sie zum ersten Mal gesehen hatte. Sie hatte weiße Haut, sehr langes Haar, das sie wahrscheinlich mit großer Mühe trug, denn es wirkte schwer, eine beeindruckende Zärtlichkeit im Gesicht und rote Augen, die aussahen, als wären sie einem phantastisch-realistischen Bild entnommen. Hätte er damals ihr Haar ergriffen und gesagt: Geh nicht!, wäre heute einiges anders, überlegte er und schlief ein. Er träumte vom morgigen Tag. Seit er angefangen hatte, sie beim Weggehen zu beobachten, träumte er von dem Tag, der der Nacht folgte. Schließlich wurde es ihm gleichgültig, ob er wach war oder ob er schlief, er bemühte sich aber, die Zeit so einzuteilen, dass es ihr unmöglich war, zu erraten, wann er ins Bett kommen würde. Einmal, als sie am Sofa vorbeiging, streckte er zum Spaß seine Füße aus, sie stolperte darüber, fiel zu Boden und verletzte sich. Lange danach noch herrschte eine Atmosphäre unangenehmer Ungewissheit im Raum. Sie warf ihm keine Absicht vor, vermied es aber, an ihm vorbeizugehen. Er schrieb an die Wand, dass sie endlich verschwinden solle und dass er es nicht mehr ertragen könne, sie stets wie einen faulen Hund vor Augen zu haben. Das schien sie aber nicht zu beleidigen, und sie packte ruhig weiter: Tauchmaske, Flossen, Sonnencreme, das große Badetuch mit dem blauen Delfin und die Piatnik Spielkarten. Als sie dann im Badezimmer war, nahm er die Spielkarten aus dem Koffer und verteilte sie in der ganzen Wohnung. Eines Tages, als er eine alte Schallplatte, die sie beide liebten, hinter dem Kleiderschrank fand, traute er sich nicht, sie aufzulegen, denn er hatte Angst, sie würde es falsch verstehen. Dann überlegte er kurz und in dem Moment, als er seinen Mund aufmachte und die ersten unsichtbaren Speicheltropfen seine Worte ankündigten, hörte er, wie sie die Eingangstür hinter sich zumachte. In dem halb leeren Raum, wo jedes Geräusch in einem Klirren endete, klangen seine Worte nicht menschlich.

Im Café Weidinger war nur ein Tisch frei und, wir überlegten, irgendwo anders hinzugehen, dann setzten wir uns aber doch hin und bestellten Apfelstrudel und Bier. E. meinte, dass es nicht möglich sei, die eigene Geschichte zu erzählen, ohne sich selbst dabei zu belügen. Während ich ihm zuhörte, fiel mir ein, dass mein Vater im Besitz eines Bestandsverzeichnisses war, das er gemacht hatte, als wir die Heimatstadt in Eile verlassen hatten, um uns vor der Zeit zu retten, die niemand aufzuhalten versucht hatte. Ich erinnerte mich, dass er die Liste mit größter Sorgfalt zusammengestellt hatte, obwohl niemand von uns wirklich wusste, wozu er sie brauchte. Ich hatte ihn am gleichen Abend besucht, und er hatte mir drei A4 Papierblätter gegeben, in bestem Zustand, als hätte man sie gerade erst erzeugt:

Mikan Zdravko
Bestandsverzeichnis in der Wohnung
NAMAHDZAH, Block C/23

KÜCHE
1. Elektroherd »Sloboda«

2. Kühlschrank 170 l »Rade Koncar«

3. Gefrierapparat 50 l »Rade Koncar«

4. Gefrierapparat 210 l »Obodin«

5. Geschirrspüler »Gorenje«

6. Küchentisch mit 4 Sesseln, tapeziert

7. Laufteppich

8. Plafondgardine mit Vorhängen

9. Luster

10. Tischstaubsauger

11. Mixer mit Zubehör (2 Stück)

12. Elektrisches Messer

13. Wandwaage

14. Labor und Zubehör für Entwicklung von Schwarzweißfotografie

15. Komplettes Küchengeschirr mit zwei Kristallglassets

SPEISESAAL UND WOHNZIMMER

1. Speisesaalgarnitur bestehend aus:

- *Speisesaaltisch*
- *Sessel mit Lehne (2 Stück)*
- *Sitzecke*
- *Kommode*
- *Wandvitrine*
- *Wandvitrine mit einem Brett (in der Küche montiert)*

2. Sitzgarnitur aus Plüsch »Mladost Pirot« bestehend aus:

- *3er Bettsofa mit Matratze*
- *2er Bettsofa mit Matratze*
- *Fauteuil*

3. Tischgarnitur (3 Stück)

4. Vitrine ca. 100x30

5. Handgeknüpfter Teppich aus Wolle, 48000 Knoten, ca. 300x200

6. Handgeknüpfter Teppich aus Wolle, 28000 Knoten, ca. 250x150

7. Handgeknüpfter Teppich aus Wolle, 28000 Knoten, ca. 200x100

8. Farbfernseher »TEC«, 51 cm

9. Drei Gardinenstangen mit Zwirnvorhängen (ca. 10 m)

10. Luster aus 8 Teilen

11. Luster mit einer großen Kugel

12. Zwei Ölbilder von Brano Kokolj

13. Wiehler Gobelin »Winter«

14. Wanduhr

15. Drucker »Hewlett Packard« mit Interface, Kabel und Akkuladegerät

16. Zahlreiche Anerkennungen und Urkunden wie:

- *Urkunde mit 1. Mai-Preis*
- *Silberne Plakette von »Energoinvest«*
- *Plakette des Instituts für Allgemeine Chemie und Physikalische Chemie in Belgrad*
- *Handuhr »Nivada« für 10 Jahre Arbeit in »BIRAC«*

17. Viele Bücher wie zum Beispiel:

- *Gesammelte Werke von Vuk Karadzic,*
- *B. Stankovic, H. Balzac, Maupassant, M. Bulatovic und P. S. Buck*
- *Technische Enzyklopädie (8 Hefte)*
- *Enzyklopädie »Prosveta«*

- *Lexikon der Fremdwörter von Vujaklija*

18. Kristallvase und Kristallschüsselchen

19. Kristallaschenbecher (2 Stück)

21. Werkzeug und elektronische Teile wie:

- *Digitalmessgerät, Lötkolben, Transistoren, Dioden, Schalter, Elektrolyten, Widerstände, usw.*

22. Rapidografenset

23. Filmkamera 8mm normal

24. Fotokamera »Smena«

25. Fotoalben

SCHLAFZIMMER

1. Stilschlafzimmer »Krivaja-Zavidovici« bestehend aus:

- *Ehebett mit »Latoflex«-Lattenrost*
- *Federkernmatratze (2 Stück)*
- *Kleiderschrank (2 Stück)*
- *Kommode mit aufgebautem Standspiegel*
- *Beistelltisch (2 Stück)*

(Eine Kommode und ein Beistelltisch im Wohnzimmer, Spiegel im Vorzimmer)

2. Wollmatratze, 190x190

3. Ablagetischchen

4. Laufteppich, ca. 150x90

5. Handgeknüpfter Kelim, ca. 450x100

6. Holzgardinenstange mit Vorhängen

7. Luster

8. Frauen- und Männerkleidung, auch eine komplette Militäruniform

9. Bettwäsche

KINDERZIMMER

1. Regal mit:

- *Schrank, ca. 100x230*
- *Vitrine, ca. 100x230*
- *Vitrinentische, ca. 100x100 (2 Stück)*

2. Sitzgarnitur aus »Bana«-Schwamm bestehend aus:

- *3er-Sofa*
- *Ecksessel*
- *Sessel (2 Stück)*

3. Arbeitstisch-Kommode aus Eiche

4. Tischlampe

5. Luster aus 3 Teilen

6. Plafondgardine mit Vorhängen

7. Florteppich von Wand zu Wand

8. Teppich, ca. 300x200

9. Bild von Brano Kokolj

10. Lautsprecher »Schneider« 55 W (4 Stück)

11. Plattenspieler und Tuner »Europhon«

12. Synthesizer

13. Zahlreiche Bücher

14. Schallplatten, Video- und Audiokassetten und Disketten

15. Kleidung

16. Tennisschläger »Wilson« und »Rossignol«

17. Größere Mengen an Souvenirs und Spielzeugen, u. a.:

- *Ferngesteuertes Auto, Roboter, Laserkanone und Wasserpistole*

VORZIMMER

1. *Wandregal, ca. 300x230*
2. *Nachtspeicherofen »Elind« 2.2 kW*
3. *Staubsauger 100 W*
4. *Telefon »M. Pupin«*
5. *Laufteppich*
6. *Kleidung*
7. *Schuhe*

BADEZIMMER

1. *Waschmaschine »Gorenje«*
2. *Wandvitrine mit Schubladen und Ablagebrettern*
3. *Geräte und Zubehör für Hygienepflege*
   - 2 Haartrockner, elektrischer Lockenwickler »Braun« etc.

WC

1. *Holzstellage*
2. *Kindermotorrad mit Akku und E-Motor*
3. *Luftgewehr »C. Zastava«*
4. *Schlafsack*
5. *Campingsessel*
6. *Teleskopangel »Germina« mit »Šekspir«-Rolle*
7. *Schuhe*
8. *Fußball, Lederbasketball, ca. zwanzig Tennisbälle usw.*
9. *Pfanne 20 l, Becken, Lavoirs etc.*

TERRASSE

1. *Schrank mit vielen Nahrungsmitteln und Getränken*
2. *Satellitenantenne (Spiegel) 0129 cm mit Halterung*

3. Zwei TV-Antennen mit Verstärker und eingebautem Verteiler
4. Vordere Stoßstange für Wartburg
5. Gepäckträger fürs Auto
6. Campingtisch mit 4 Sesseln
7. Griller
8. Korbflasche mit 11 l Schnaps
9. Tiegel 30 l

WASCHRAUM
1. Waschmaschine »Gorenje« (alt – funktionsfähig)
2. TV-Kabinett »Ei-Dalmacija« – (nicht funktionsfähig)
3. Kinderfahrrad
4. Große Rodel
5. Große Radioantenne (nicht montiert)
6. Viele Teppiche, Paneele, Sperrholzplatten, Holzbretter etc.

KELLER
1. Holzstellage
2. Plastikfass
3. Glastöpfe, Flaschen und andere »Kellersachen«

Im Café Westend setzten wir uns an ein Fenster und bestellten Apfelstrudel und Bier. E. meinte, dass es nicht möglich sei, die eigene Geschichte zu erzählen, ohne sich selbst dabei zu belügen. Während ich ihm zuhörte, fiel mir ein, dass ich ihm von dem Bestandsverzeichnis erzählen wollte. Ich las ihm einige interessante Stellen vor und merkte plötzlich, dass unter »Speisesaal und Wohnzimmer« Punkt zwanzig fehlte. Ich überlegte, was es sein könnte – ich rief gleich meinen Vater an –, fand aber keine Antwort. Die Bezeichnung, das Wort, war verlorengegangen, und mir kam es so vor, als würde dadurch das ganze Bestandsverzeichnis seine Gültigkeit verlieren. E. bezahlte die Rechnung und sagte: Wir sollten aufbrechen, und ich stand gleich auf, denn um in die Stadt zu kommen, mussten wir das Menschengedränge in der Mariahilfer Straße durchbrechen.

Emil wacht auf. Seine Augendeckel sind immer noch geschlossen, denn er möchte die letzten Silhouetten im Traum festhalten, so lange es geht. Nackte, durchsichtige Frauen tanzen und locken ihn mit ihren fetten Hintern, aber seine Wimpern beginnen verräterisch zu zittern, und er erinnert sich, wie er einmal im Schultheater den toten König gespielt und ihn seine Wimpern auch damals verraten hatten; eine traurige, jämmerliche Erfahrung.
In seinem Schläfenbein und am Scheitel, in den Knien, Schultern und Fingern fühlt er den vorhergesagten Wetterwechsel und schwere Wolken über der Stadt. Durch zerrissene Traumfasern und schmelzende Bilder schafft er es, den ersten bewussten Gedanken zu fassen. Die Wolken verlängern die Nacht, denkt er, sodass man sich in der Zeitschätzung wahrscheinlich leicht irren kann.

Er versucht, die dünnen Uhrzeiger zu fokussieren, und für einen Augenblick denkt er, dass sie sich nicht bewegen. Schon seit seiner Kindheit hat er Angst, eines Tages aufzustehen und zu entdecken, dass die Zeit in der Nacht stehen geblieben ist. Er macht seinen Mund auf und bläst in Richtung

Plafond, als würde er sich vergewissern wollen, dass es im Zimmer nicht kalt ist. Er atmet nicht und spitzt die Ohren. Es ist nichts zu hören, er steht auf und geht langsam ins Badezimmer, traut sich aber noch nicht, voll einzuatmen, als hätte er Angst, aus seinen Lungen ein Röcheln zu hören, das schwarzseherisch auf mehr hindeuten könnte.

Das Flimmern des Neonlichts, der Schmutz an den beleuchteten Wänden, die an den scharfen Ecken der Gegenstände zerbrochenen Schatten, das Knarren des Wasserhahnes und die kalten Keramikfliesen, auf denen er nur auf seinen Fersen steht, unterbrechen das Morgenritual. Emil denkt an die armen Menschen, die er im Traum erschossen hat. Als er in die Badewanne steigt, pfeift er eine vertraute Melodie. Im warmen Wasser fühlt er, wie sich seine Muskeln entspannen, und er schlägt den Rhythmus des Liedes auf den Schenkeln. Seine Bewegungen erzeugen kleine weiße Schaumbällchen und dünne Seifenblasen, die sich in der Luft unhörbar auflösen.

Vor dem Frühstück sucht er die Fernbedienung, er schaltet den Fernseher ein, wählt das zweite Programm und ruft Belma an. Sie weint. Mladen ist gestorben. Sie konnten ihm nicht mehr helfen. Ihr ginge es jetzt gut, sie sei aber noch immer im Spital; sie hätte schon zwei Mal das Bewusstsein verloren.

Emil sagt, dass ihm einmal vor vielen Jahren das Gleiche passiert sei, bei der Rekrutierung, als man ihm Blut abgenommen habe. Während er ihr geduldig zuhört, fällt ihm auf, dass er hinter ihrem Schluchzen auch die üblichen Spitalsgeräusche hört: das Quietschen der Krankenstuhlräder, Krankenschwestern, die leise sprechen und wahrscheinlich über andere tratschen, EKG, einen Patienten, der sich weigert, das mitgebrachte Frühstück einzunehmen und nach einem anderen verlangt, Holzpantoffel, das Zeitungsblättern im Wartezimmer. Belma sagt auch, dass Mladen Emil erwähnt hätte, während er gestern Nacht gegen das Fieber gekämpft habe. Er wundert sich, dass Belma ihm das erzählt, ein paar Stunden, nachdem Mladen gestorben ist, als ob sie die Situation, die unangenehm genug ist, noch zu erschweren versuchte. Dann denkt er, dass es ihr wahrscheinlich so geht wie ihm, und er versucht das Thema zu wechseln.

Beide schweigen, und er erinnert sich, wie er vor drei Wochen mit einem alten Freund telefonierte, von dem er gedacht hatte, dass er im Krieg gestorben sei, und wie sie die meiste Zeit nur geschwiegen hätten, sodass er erleichtert war, als das Gespräch zu Ende war.

Er sieht, dass das Wasser in der Teekanne dem Kochen nahe ist, er sagt es Belma, entschuldigt sich und verspricht, sie bald besuchen zu kommen. Dann legt er auf.

Später steht er in der Küche. Er trinkt Orangensaft und denkt an einen Roman von David Albahari, in dem der Icherzähler nach seiner Ankunft in einem fremden Land entschlossen ist, sofort nach Hause zurückzukehren, falls er keinen Orangensaft im Kühlschrank vorfinden sollte. Er liest die Wettervorhersage in der gestrigen Zeitung, dann wäscht er seine Hände, denn er mag graue Bleispuren auf den Fingern nicht. Er isst gekochte Eier und öffnet eine Fischkonserve aus Japan. Er fühlt sich schlecht, denn er weiß, dass die Japaner auch Blauwale jagen und essen. Er schaut durch das Fenster in den Hof. Er betrachtet sein Gesicht im Spiegel. Er sucht Handschuhe, auf die jemand mit rotem Faden eine Schneeflocke und einen Schneemann gestickt hat. Er schaut sich die Urlaubsfotos an, auf denen Mladen, Belma und er zu sehen sind. Dann zieht er seine Jacke an und geht auf die Kaiserstraße hinaus.

An Sonntagen sieht die Stadt verlassen und öde aus. Emil liebt es, auszugehen und lange Spaziergänge zu unternehmen. Seine Schritte werden während des Tages immer länger und schneller, wie wenn man sich mit jemandem verabredet hat und fürchtet, zu spät zu kommen. In den Straßen, die alle gleich ausschauen, in den leeren, schmalen Gassen nehmen seine Gedanken eine unwirkliche, raue Form an, sodass er mehrmals wiederholen muss: Ich bin in Wien, so wie in einem Buch, an dessen Titel und Autor er sich nicht mehr erinnern kann.

Als ihm langweilig wird, betrachtet er ein Mädchen, das im Park neben dem Parlamentsgebäude auf einer Bank sitzt und in einem Filmlexikon liest. Er fragt sich, ob man ihn manchmal auch so zum Spaß beobachtet, glaubt aber, dass es immer Mädchen sind, die verfolgt werden. Nach fünf Minuten steht es auf, schaut auf die Uhr und geht schnellen Schrittes durch eine Gruppe von Ausländern, die neben einem Springbrunnen stehen und nichts tun. Als er hinter ihr hergeht, als er ihre kleinen, runden Schultern bewundert, als er versucht, ihr Haar anzufassen, denkt er an einen Roman, in dem der Held

ein Mädchen, das er zufällig kennen lernt, grundlos tötet und dann auf der Flucht ist; er überlegt und stellt fest, dass eine solche Tat heute unausführbar und von niemandem zu erwarten sei. Dann konzentriert er sich wieder auf das Mädchen, das beim Überdiestraßegehen jedes Mal sorgfältig zuerst auf die linke und dann auf die rechte Seite schaut, sogar wenn die Straße eine Einbahnstraße ist. Ihre Hände bewegen sich beim Gehen überhaupt nicht, wie bei Menschen, die an einer Schädigung des Rückgrats leiden.
Das Mädchen steigt in einen Bus, setzt sich auf den letzten Sitzplatz und blickt ihn durch das Fenster an. Zwei alte Frauen schlagen gegen die Tür, der Fahrer macht aber nicht auf. Dann fährt er weg, und Emil bleibt mit zwei verbitterten Frauen an der Haltestelle zurück.

Das Stehen macht ihn müde.

Der Geruch gerösteter Maroni zieht sich in seine Nase. Er geht zu dem kleinen dunkelhäutigen Verkäufer und verlangt neun Stück. Er weiß, dass der Verkäufer geübt vier gute und fünf verdorbene Maroni in die Papiertasche stecken wird, er sagt aber nichts, er bezahlt, bedankt sich und geht weg. Erst als er hinter einem Haus ist, nimmt er das erste Stück, das immer das beste ist, aus der Tüte und flucht leise, denn er weiß, dass seine Finger gleich schwarz sein werden. Obwohl die Ampel Rot zeigt, geht er über die Straße. Zu spät merkt er, dass ein kleiner Junge auf der anderen Seite steht und ihm zusieht, und er fühlt, wie er im Gesicht ganz rot wird.

Vor einer Kirche stellt er fest, dass er sich in eine Sackgasse verirrt hat. Er schaut sich nach einem Mülleimer um und sieht einen großen schwarzen Wagen, der gerade neben dem Trottoir stehen bleibt – BMW 525i. Der Fahrer lässt den Motor laufen, er und eine Frau steigen aus. Emil nähert sich langsam dem Wagen. Es beginnt zu schneien. Eine alte Frau zuckt mit ihrem Kopf, als würde sie versuchen, eine Fliege zu vertreiben, und flucht etwas im wienerischen Dialekt. Die Frau aus dem Wagen macht die Haustür auf und zeigt dem Mann mit dem Zeigefinger, wo er die beiden sichtlich schweren Koffer abstellen soll. Emil steigt in den Wagen und lächelt, als hörte er gerade einen schlechten Witz. Die Frau sieht ihn durch das schmutzige Fenster an, schreit und winkt dem Mann zu, der aus dem Hausdunkel auf die Straße hinausläuft. Aber Emil schaltet schon längst in den dritten Gang, und das Auto stürmt über den nassen Asphalt davon.

Wir wussten, dass der Mann, der uns zum Abendessen eingeladen hatte, Manager in einem großen Unternehmen war. Wir zogen die besten Hemden an, die wir hatten. Hemden, die wir manchmal untereinander tauschten. In meiner alten Reisetasche fand ich sogar eine Krawatte. Keiner von uns wollte darüber reden, aber wir hofften heimlich, der Mann würde uns helfen, endlich eine ordentliche Arbeit zu finden. Als wir vor dem Haustor standen und läuteten, sahen wir zwei große Kampfhunde, die auf uns zurannten. Dann erschien der Mann und sie hörten sofort zu rennen und zu bellen auf – ihre Blicke wurden aber nicht freundlicher. Wir aßen sehr gut und unterhielten uns hauptsächlich über belangloses Zeug wie Heimat, Flucht, Sprache und Krieg; es war kein einziges Wort über Beschäftigungsmöglichkeiten zu hören. Inzwischen kam seine Tochter nach Hause. Sie war acht oder neun Jahre alt, und der stolze Vater fing an, nur noch von ihr zu reden. Als er dann plötzlich über das Vaterland, seine Mutter, Vererbung und die Schwarzen sprach, konnten wir ihm kaum noch folgen. Er erklärte uns, dass die Farbe Weiß empfindlich sei. Würde man in ein großes Fass mit weißer Farbe einen Tropfen schwarzer Farbe fallen lassen, würde das Weiß im Fass nie wieder weiß sein können. Er sah die Verwirrung in unseren Augen, stand auf und verschwand in einem anderen Raum. Mir gefiel das Ganze nicht, denn mit einem guten Essen im Bauch und in einem bequemen Fauteuil lungernd, war ich nur schwer für unangenehme Gespräche zu haben. Ich merkte, dass es meinen Freunden genau so ging und dass beide ihre Mägen überladen hatten. Dann aber kam der Gastgeber zurück und einiges wurde klarer. Er hatte zwei Bilder in den Händen, hob sie beide hoch, hielt sie nebeneinander, sah uns an und fragte, ob wir denn wirklich dächten, dass es sich hier um die gleiche Spezies handle. Wir kapierten sofort, denn auf einem Foto war seine Tochter zu sehen, mit einer Art Mitleid erregend gelbem Haar, das man auch als »blond« bezeichnet und das wir früher nur in Filmen sahen, in denen Partisanen Unmengen von Deutschen erledigten; das arme Kind konnte nichts dafür, war aber sein Leben lang abgestempelt, wie eine Kuh, die man mit einem Brandmal versehen hatte; auf dem zweiten Foto sah man einen lebenslustigen Buschmann, der in das Objektiv starrte und uns unheimlich sympathisch war. Für uns stellte er so etwas wie einen Beweis dar, dass es noch Hoffnung für die Menschheit gibt. Wir lächelten und nickten bestätigend. Der Mann war glücklich, dass seine Message angekommen war und gab seiner Frau ein

Zeichen mit der Hand. Sie brachte uns sofort noch einen Apfelstrudel. Das war zu viel. Auf dem Weg nach Hause konnten wir uns kaum noch bewegen.

In Linz übernachtet Emil im Gasthof Wilder Mann. Das Zimmer ist klein, aber warm und behaglich, was auch an der ländlichen, primitiven Ausstattung liegt. Ein ehemaliger Arbeitskollege, ein Salzburger, hatte ihm einmal, als sie beim Mittagessen waren, erzählt, dass man in Österreich sehr viel Wert auf Tradition lege. Er war sehr schön und gut gebaut, hatte eine gesundrote Farbe im Gesicht, aß schnell und sah nicht aus wie jemand, mit dem man über Tradition reden konnte. Nachdem ihn Emil gefragt hatte, ob er Thomas Bernhard möge, nickte er und sagte, das sei selbstverständlich; er fügte noch hinzu, dass Bernhard ein etwas seltsamer und komischer, aber ein guter Schriftsteller sei und dass er über Salzburg so schreibe, resultiere aus seinem etwas entstellten Weltbild. Emil stellte sich vor, er ginge mit ihm und Bernhard in Lederhosen Schifahren.

Er steht sehr früh auf, schiebt die Vorhänge auseinander und blickt durch das Fenster. Mit kindlicher Verwunderung freut er sich, dass die Sonne schon aufgegangen ist und einen schönen Tag ankündigt. Das Wettervorhersageteam hat es endlich geschafft, sagt er zum Zimmermädchen und lächelt es verführerisch an.

Als er später Celine trifft, merkt er gleich, dass sie zugenommen hat, will es ihr aber nicht sagen. Sie gehen den ganzen Nachmittag spazieren, sie reden und versuchen, eine Erklärung für ihre gescheiterte Liebe zu finden. Schon nach einer Stunde ist er müde und hört ihr nicht mehr zu, er fürchtet sich aber, sie zu bitten, das Thema zu wechseln und irgendwo einen Kaffee oder einen Tee zu sich zu nehmen. Sie redet unermüdlich weiter und listet alle seine Fehler auf. Währenddessen schaut er ihr direkt in den Mund und versucht erfolglos, ihre Zähne zu zählen.

In seinem Zimmer sitzen sie auf dem Bett und trinken Bier. Dunkle, großartige Geschichte ist überall, sagt Emil nach einer Schweigepause. Sie blickt ihn ziemlich blöd an. Als sie ihn dann nach der Gegenwart fragt, kriegt er einen Lachanfall und küsst ihr Knie. Sie lehnt sich zurück, greift mit einer Hand nach seinem Kopf und mit der anderen öffnet sie ihren Reißverschluss. Er leistet keinen Widerstand, weiß aber nicht, ob sich sein restlicher Körper noch im Zimmer aufhält. Sein Kopf bleibt leblos in ihrer Hand hängen und er entscheidet, Linz nicht so bald wieder einen Besuch abzustatten.

Ich habe auf meine eigenen Handlungen keinen Einfluss mehr, teilte ich dem Arzt mit, der mich gelangweilt anblickte, denn er war eigentlich nur ein Hautarzt. Er sagte, dass er das kenne, und verordnete mir irgendwelche Medikamente gegen Ekzemflecken. Ich verließ seine Ordination mit einem Gefühl, als hätte ich gerade eine abgenutzte Prostituierte besucht, und ging in die Bibliothek. Ich wollte mich für die Prüfung »Technisches Deutsch« vorbereiten und einen Text schreiben, denn man hatte mir erklärt, dass man bei dem Test auch einen Text zu einem beliebigen Thema verfassen müsse. Da ich bereits einige Sprachprüfungen erfolgreich bestanden hatte, schrieb ich ziemlich gewandt über ein Herbsterlebnis, das einige Aspekte der Integrationsproblematik beleuchtete:

Das Spiel Rapid Wien gegen Partizan Belgrad war das erste Fußballspiel, das ich in einem Stadion miterleben sollte. Als der Tag näher rückte, wurde ich immer unruhiger und war nicht in der Lage, an etwas anderes zu denken, als wäre ich ein echter Fußballfan. Der Abend, an dem das Spiel stattfand, war angenehm. An der Kassa gelang es mir und zwei Freunden, die Österreicher waren und freiwillig mit mir kamen, nicht, Karten für den Partizansektor zu bekommen, wir waren aber in unmittelbarer Nähe. Da ich mir im Fernsehen oft Fußballspiele anschaue, wirkte das Stadion irgendwie künstlich auf mich, wie ein Bild oder eine virtuelle Spielumgebung. Während des ganzen Spiels hatte ich ein Gefühl, als befände ich mich in einem Traum oder stünde unter Drogen. So bewegte ich mich auch; ich machte keine Schritte, ich glitt; meine Glieder fühlten sich an, als wären sie Prothesen; meine Stimme klang, als würde ich aus einem Brunnen sprechen. Das Spiel war am Anfang ausgeglichen, die Spieler wirkten professionell und konzentriert, und der Schiedsrichter bewegte sich gut und kontrollierte das Spielgeschehen. Dann wurde Rapid immer stärker und überlegener. Das fühlten auch die Partizanfans, die brüllten und fluchten die ganze Zeit. Wir machten mit, aus Angst, als Gegner erkannt zu werden. Jedes Mal, wenn ein bestimmter schwarzer Rapidspieler am Ball war, hörte man im Publikum eine Art Affengebrüll. Niemand musste ihnen erklären, wie es geht – sobald der dunkelhäutige Mann den Ball hatte, fingen alle damit an. Plötzlich überfiel mich eine Art Wut, denn ich wollte nicht, dass man mich mit solchen Menschen identifiziert. Viele von ihnen waren schon Jahrzehnte in Österreich, hatten aber nichts gelernt. Sie winkten mit ihrem Rassismus, als wäre er eine

Flagge. Wiener machen es anders. Sie pflegen ihren Hass oder ihre Rassismen zu Hause; sie sorgen sich um sie, als wären sie behinderte Kinder, die man nicht gerne in die Öffentlichkeit ausführt; die Stadt ist voll von Altnazis, die wie Wildtiere behandelt werden; sie werden geschützt, und sobald man eigene Grausamkeiten verstecken will, zeigt man auf sie und wundert sich, dass es solch harmlose Wesen noch gibt. Auch ich habe eine kleine Verachtung zu Hause, ich kultiviere sie sorgsam und lasse sie für mich manche Telefongespräche führen oder E-Mails beantworten. Im Stadion schien sich aber das Klischee vom primitiven Serben zu bewahrheiten, der stolz ist, primitiv zu sein. Ich dachte, dass es eigentlich eine nette Geste wäre, sie alle in die Luft zu sprengen. Oder aus dem Land zu jagen. Ich konnte nicht klar denken, so viel Wut und Abscheu empfand ich. Ich freute mich heimlich über jedes Tor, das Rapid schoss. Nach dem Spiel beeilten wir uns, die enttäuschte, gefährliche Masse zu verlassen. Wir schlossen uns einer Gruppe von Rapidfans an und sangen mit ihnen Siegeslieder. So muss sich Prinz Eugen gefühlt haben, nachdem er Sarajevo niedergebrannt hatte.

Emil liegt bewegungslos in der Badewanne und hört Radiomusik. Er will sich nach einer schlaflosen Nacht aufrappeln und versucht, an nichts zu denken, was ihm aber nicht gelingt, und er verfängt sich immer wieder in herben, aufdringlichen Gedanken. Er verfolgt eine Fliege mit den Augen, und da fällt ihm ein, dass er in zwei Tagen einen Text an die Literaturzeitschrift abschicken muss, die vages Interesse geäußert hat, und dass er noch kein Wort geschrieben hat.
Er erinnert sich, wie er letzte Woche zusammen mit Denis im Lokal Wirr in der Burggasse überlegt hat, worüber er schreiben solle. Sie hatten viel getrunken und waren in guter Stimmung. Denis schlug ihm vor, über einen Schachspieler zu schreiben, der sich die Namen der Figuren nicht merken könne, das Spiel aber sehr gut beherrsche, und seine Gegner unabsichtlich mit erfundenen Figurennamen provoziere.

Emil hielt die Idee für amüsant, hatte aber bis heute nichts geschrieben. Einige Male hatte er sich vor den Bildschirm gesetzt und in die weiße Wordfläche hineingestarrt, entschlossen, der Quälerei ein Ende zu machen. Er bemühte sich und fühlte jedes Mal ein Hautjucken, das bevorstehende Kopfschmerzen ankündigte.

Er könnte den Redakteur anrufen, überlegt er, und eine Geschichte erlügen oder ihm einfach mitteilen, dass er es nicht geschafft hätte. Seine bedauernswerte Lage zuzugeben, wäre ihm aber peinlich gewesen, und er fährt mit der Hand über die Wasserfläche in entgegengesetzter Richtung zu den kleinen Badewannenwellen.

Später entscheidet er, den Text doch noch zu schreiben und begibt sich auf die Suche nach passenden Worten. Zuerst schaltet er den Fernseher ein und schaut sich ein Quiz an. Die zwei Sätze, die er während der einstündigen Sendung niederschreibt, sind ein guter Anfang:
Ich gebe auf.
und:
Sie könnten viel gewinnen.

Dann kommen die Nachrichten, und er hört sehr bemüht zu. Die Moderatoren sehen aus wie zwei Plastikpuppen und schaffen es nicht, einen menschlichen Satz hervorzubringen. Die Frau, die die Kulturnachrichten vorliest, ist wahrscheinlich eine dieser Frauen, die erst vor kurzem erfahren haben, dass uns die Außerirdischen doch nicht beobachten. Aus ihrem Mund kommt aber unerwartet:

Er eroberte die Welt.

Noch schönere Worte findet eine, die sich bemüht, wie eine Meteorologin zu wirken, während sie von der Wetterlage in Europa berichtet:
Es kommt auf uns zu.

Da er keine Zeitungen aufbewahrt, geht er ins Café Weidinger. Ein älterer Mann und ein Mädchen flüstern miteinander, und er lauscht eine Weile, kann aber nicht ausmachen, worum es in der Konversation geht.
In den Zeitungen wird das Übliche geschrieben, er findet aber doch ein paar wiederverwendbare Worte und Gedanken wie:
Sie will übergewichtige Frauen ermutigen, ihren Körper zu akzeptieren, so wie er ist.
und:
Sein Ziel besteht darin, die polaren Vorstellungen von den Begriffen Mann und Frau zu relativieren.
oder:
Die Laufmaschine schreibt Geschichte.

Vom angestrengten Lesen völlig erschöpft, geht er nach Hause und schläft gleich ein. Im Traum erscheint ihm der Redakteur der Zeitschrift, der ihn traurig anblickt und leise weint. Dann ist er doch kein Redakteur, sondern sein ehemaliger Schuldirektor, der zugibt, sich im falschen Traum aufzuhalten. Am Ende, als alles schon verschwommen ist, kommen die zwei Nachrichtenpuppen und versuchen, ihn anzuschreien, wobei sie nicht merken, dass das Lautsprechersymbol blinkt und durchgestrichen ist.

Am nächsten Tag schreibt er einen Text, der von zwei Menschen handelt, die sich in das Guinness Buch der Rekorde eintragen wollen und sehr gefährliche und frivole Dinge unternehmen, um ihr Ziel zu erreichen. Im Postamt wartet er geduldig, dass ein riesiger Postbeamter das Zählen hunderter Briefe beendet, und er überlegt, das Schreiben aufzugeben und sich gänzlich den Rechnernetzwerken zu widmen, die immer noch erstaunliche Geheimnisse in sich bergen.

Der kleinen Schachtel wachsen die ersten Zähne
Und es wächst ihre kleine Länge
Ihre kleine Breite ihre kleine Leere
Und überhaupt alles was sie hat
(Vasko Popa, Die kleine Schachtel)

Emil steht nackt im Wohnzimmer, betastet seinen hängenden Penis und überlegt, ob er nicht vielleicht doch um eine Spur zu klein ist. Als er die Hoden anfasst, bewegt sich sein Penis für ein paar Augenblikke hin und her, als würde er von einer unsichtbaren Hand kontrolliert. Nicht einmal zehn Zentimeter, denkt er und streichelt einen Punkt an seinem Rükken. Die Penisgröße verdoppelt sich und mit ausgestrecktem Daumen und Zeigefinger misst er ihn noch einmal ab. Zwanzig, sagt er, mit tiefer, ernster Stimme, wie ein Tischlermeister, der seinem Schüler ein wichtiges Messergebnis mitteilt.

Im Radio kommt ein altes Sinatra-Lied, und Emil versucht zu steppen. Das gelingt ihm aber nicht richtig, und er zieht sich die schwarzen Lackschuhe an. Gleichzeitig mit der letzten Note des Liedes klingelt jemand an der Tür. Er hebt den am Boden liegenden Bademantel hoch und schlüpft hinein.

Als er die Tür aufmacht, stürmt Denis in die Wohnung und fängt gleich, ohne ihn auch nur einmal anzublicken, an, von einer Angelegenheit zu berichten, die Emil überhaupt nicht interessiert. Er presst ein paar Orangen aus, während er sich bemüht, wie jemand auszusehen, der genau aufpasst, um kein Wort und keine Geste des Erzählers zu verpassen. Dann geht er zum Fenster und überlegt kurz, ob ihm die Frau, die auf der gegenüberliegenden Terrasse steht, beim Tanzen zugesehen hat. Sie winkt ihm zu, er weiß aber nicht, was er tun soll, denn zurückzuwinken kommt ihm blöde vor. Er lächelt, wie der letzte Mensch auf Erden. So geht es einem, überlegt er, der zu lange auf eine Chance gewartet hat und nicht weiß, was er machen soll, wenn sie in greifbarer Nähe ist.

Später langweilen sie sich bei der Lesung eines slowenischen Schriftstellers und gehen mit drei Studenten, die sie erst seit fünfzehn Minuten kennen, auf ein Bier. Die Studenten sind FM4-Hörer, Falter-Leser, und es stellt sich sogar heraus, dass sie kein Fleisch essen und den unterschiedlichsten Bewegungen angehören. Denis stellt laut fest, dass man heute ziemlich dumm sein müsse, um sich einer Organisation anzuschließen, denn es gebe so viele, dass es eigentlich keiner möglich sei, die Weltherrschaft an sich zu reißen oder eine Art Umsturz heraufzubeschwören. Um die unangenehme Atmosphäre aufzulockern, versucht Emil, einen Witz zu erzählen, bleibt aber in der Mitte stecken und wird rot im Gesicht, denn er kann sich plötzlich nicht mehr an das Ende erinnern. Dann lacht er über sich selbst und erzählt, dass er einen Mann kenne, dem das Gleiche passiert sei und der einfach einen anderen Witz zu Ende erzählt hätte.

Noch schlimmer wird es, als sich einer der Studenten, der eigentlich wie die beiden anderen aussieht, als homosexuell entpuppt. Unter Alkoholeinfluss versucht Denis nicht einmal, seinen Widerwillen zu verheimlichen, und Emil versteckt sich im Klo. Dort überlegt er und denkt an Belma, die ihn einmal als Chauvinisten beschimpft hat. Schließlich sind sie einigermaßen normale Menschen, denkt er, geht zum Tisch zurück und bestellt sich einen Tequila. Denis erzählt, dass in seiner Heimatstadt fast jeder zweite Mann schwul gewesen sei. Alle seien verheiratet gewesen und hätten mindestens eine Sportart betrieben, um sich mit Freunden und Vögelpartnern treffen zu können. Als dann der schwule Student Emil die Hand auf die Schulter legt, wird Emil übel und er sagt, dass er für morgen noch einen Text vorbereiten müsse. Er bezahlt die Rechnung und geht nach Hause.

Er schläft nicht gleich ein und bemüht sich, nicht an den Studenten zu denken. Am nächsten Tag bleibt er in der Wohnung und traut sich nicht hinaus. Jeder Körperteil, an dem ein Stückchen Haut sichtbar ist, kommt ihm pervers vor, und er verdeckt ihn mit Kleidung. Schon zu Mittag steht er voll verkleidet im Wohnzimmer, mit Handschuhen und einer Art Ninjahaube, unter welcher nur die Augen zu sehen sind. Um dreizehn Uhr kommen im Fernsehen die Nachrichten, und es wird von einem Selbstmordattentat berichtet. Der Moderator zieht eine entsetzte Grimasse, als könnte er Emil durch die kleine schwarze Schachtel sehen.

Nach der Arbeit war ich müde und schlief gleich ein. Als ich zwei Stunden später aufwachte, spürte ich eine Leere im Kopf, als würde ein Teil meines Gehirns noch schlafen. Ich überlegte, worum es in dem durch Autolärm von der Straße unterbrochenen Traum ging, es kam mir aber kein Bild in den Sinn. Dann schaute ich auf die Uhr und stellte fest, dass ich mich beeilen musste, um rechtzeitig auf der Studentenparty zu erscheinen. Na dann los, sagte ich zu mir und lächelte, denn es waren deutsche Worte, die aus meinem Mund herauskrachten; das Wort »los« klebte noch eine Weile an meiner unteren Lippe, als weigerte es sich, die Wärme des Mundes zu verlassen. Immer öfter, überlegte ich, bevorzuge ich nun die Sprache, die ich eigentlich nie hatte erlernen wollen und die mir nur Unannehmlichkeiten bringt, wie zum Beispiel mit Menschen reden zu müssen, die mir auf die Nerven gehen. Was mich dann ein wenig überraschte, war die Tatsache, dass ich auch meine Gedanken mit deutschen Worten formte. Ich wusste nicht, ob es ein gutes Zeichen war, es gefiel mir aber nicht. Ein paar Minuten fürchtete ich mich, an irgend etwas zu denken, wie jemand, den eine geliebte Person verlassen hat und der glaubt, den Schmerz nicht zu fühlen, wenn er nicht daran denkt. Dann stand ich auf und versuchte, meinen Namen zu sagen, laut, als stünde ich auf einer Bühne. Das schaffte ich, aber mit einem fremden Akzent, sodass ich vor Angst fror. An nichts zu denken hilft auch nicht, überlegte ich, und ging zum Bücherregal. Ich nahm ein Buch von Danilo Kiš und versuchte, ein paar Sätze zu lesen. Die Wörter kamen mir vor, als hätten sie keine Bedeutung, wie zufällige Reihen von Buchstaben; kurz, ich verstand nichts. In den Tagen davor hatte ich schon bemerkt, dass ich mich oft der deutschen Sprache bedienen musste, wenn ich eine Begebenheit genau zu beschreiben versuchte – ein Irrtum, denn dadurch wird die Beschreibung nie genauer, nur armseliger und lächerlicher. Dass man die Muttersprache vergessen könnte, hielt ich nicht für möglich. Ich machte mir einen Kaffee und überlegte, was zu unternehmen war. Dabei fühlte ich mich, als wäre ich geistig behindert, denn beim Nachdenken fehlten mir immer die entscheidenden Worte; schließlich war ich auf eine so schwere und mühsame Sprachübung nicht vorbereitet. Auf dem Tisch fand ich eine CD von EKV, steckte sie in den Player und drückte die Starttaste. Die Musik, Melodie und Stimme erkannte ich, auch die Wörter kamen mir irgendwie vertraut vor. Es war aber nur die Art, wie er sang, die mir eine falsche Hoffnung gab, stellte ich fest und ging bedrückt ins Badezimmer. Als ich mich im Spiegel sah, konnte ich keine Veränderungen an Gesicht oder Körper entdecken. Ich wirkte, der Lage entsprechend, anders, eine Spur ernster vielleicht, sonst war alles beim Alten geblieben. Ich putzte mir die Zähne, rasierte mich, zog einen Pullover und Jeans an und verließ die Wohnung. Als ich mit einem Verb kämpfte und nach seiner zweiten Konjunktivform suchte, wurde mir plötzlich bewusst, dass ich mich auf der Straße befand und irgendwo umherging, langsam, wie ein alter Mann, mit den Händen auf dem Rücken. Es ist erstaunlich, dachte ich, wie schnell man sich an einen außergewöhnlichen Zustand anpassen und sich ihm unterordnen kann. Unverhofft verspürte ich das Bedürfnis, mich mit jemandem auszusprechen – ich wusste aber nicht, zu wem ich gehen könnte. Einige Male hatte ich den Eindruck, meine Sprache wäre wieder zurückgekehrt; als ich meinen Mund aufmachte, kamen aber nur röchelnde Laute heraus. Erst vor dem Café Happy Hour wurde mir klar, dass ich unterwegs zu der Party war. Ich hatte nichts gegen Feste, empfand aber eine Art Abneigung gegen solche, bei denen sich viele Studenten versammelten, vor allem aber gegen die, bei denen fast ausschließlich Kreaturen aus meinem Heimatland verkehrten. Als ich eintrat, kam ein mir bekannter Langweiler mit grinsendem Gesicht auf mich zu und verkündete etwas mit funkelnden Augen. Ich konnte nichts verstehen und sagte, dass er sich mit mir ab sofort nur noch in Deutsch verständigen könne, denn ich hätte meine Muttersprache im Traum verloren. Er lachte und wies mit der Hand auf die Tanzfläche, als offenbare er mir einen verbotenen Raum, zu welchem nur Auserwählte Zugang hätten. Um uns herum irrten betrunkene Studenten und solche, die Betrunkenheit nur vortäuschten; das sind die, die am nächsten Tag genau wissen, wie viel sie von welchem Getränk zu sich genommen haben, wie: sieben Biere, vier Tequila und drei Achtel Weißwein. Ihr Anblick widerte mich so an, dass ich auf mein Unglück vergaß. Auch später, als mir einfiel, dass es mir nicht mehr möglich war, das Buch, an dem ich gerade gearbeitet hatte, fertig zu schreiben, regte ich mich nicht sehr auf. Vielleicht werde ich von dem Verlust sogar noch profitieren, dachte ich, denn oft ist vieles am nächsten Tag nicht mehr so, wie es gestern schien. Auf dem Weg nach Hause hatte ich Angst, denn die Straßen waren leer; nur ein Wagen fuhr schnell an mir vorbei, sonst war nichts mehr zu sehen.

In Wien sind Männer unglücklich und Frauen glücklich, oder sie leben zumindest im Glauben, glücklich zu sein, denkt Emil, als er einen elegant gekleideten Geschäftsmann, Mitte dreißig, sichtlich bedrückt und apathisch, mit seinem Kind in ein Auto einsteigen und langsam wegfahren sieht.
Zwei Autos veranstalten ein Rennen um den verlassenen Parkplatz. Ein junger Polizist geht im gleichen Moment über die Straße und schaut, wie ein paar andere Menschen auch, mit blödem Gesichtsausdruck zu. Er darf nicht eingreifen, denn einerseits sieht man hier überall Plakate mit der Aufschrift »Wien ist anders«, und andererseits sind beide Fahrer Frauen; wahrscheinlich ist er auch nicht verheiratet und wünscht sich einfach eine Frau, die, wenn man Kinder oder Kochen erwähnt, nicht gleich mit Scheidung droht.
Einmal hat sich Emil mit Denis darüber unterhalten, der hat ihn aber nicht verstanden und ihn dann sogar ausgelacht. Emil war sich nach der Unterhaltung aber sicher, dass Denis an einer stillen Gynäkophobie litt.

Sich dem Südbahnhof nähernd, sieht er einige Men-

schengestalten, die vor dem Hauptgebäude stehen, Zigaretten rauchen und wegen der kalten Herbstbrise entweder hüpfen oder in sich zusammenschrumpfen. Er weiß, dass viele von ihnen seine Landsleute sind, die nichts zu tun haben, weil sie auf Anordnung eines Mentalitätschirurgen, eines Finanzhochstaplers oder eines gewöhnlichen Kalbsgesichtes des einfachen Rechts auf eine legale Arbeit beraubt wurden. Sie sind gekommen, um sich mit jemandem zu unterhalten, was sie aber in ihrer Einsamkeit und Unsicherheit nicht schaffen. So stehen sie da, tagelang. Ab und zu geben manche ein paar hoffnungslose oder nichtssagende Worte von sich, manche erfinden Geschichten und erinnern sich an die Zeit, die sie vor dem Krieg in Jugoslawien erlebt haben, dann sind sie gerührt und dem Weinen nahe, manche fluchen und stellen fest, dass Österreich ein Scheißland ist. Wenn man sie von weitem zum ersten Mal sieht, glaubt man, entflohene Kriminelle oder Psychiatriepatienten vor sich zu haben.
Das ist einer der Augenblicke, in denen man besorgt feststellt, dass man die Nummer der Polizei doch nicht von der der Rettung unterscheiden kann, und man nimmt sich vor, sie sich aufzuschreiben und immer bei sich zu tragen.

Vor dem Verkaufsschalter trifft er einen Bekannten, der seine Familie in Rumänien verlassen hat und auf der Suche nach irgendeiner Arbeit ist; er wiederholt ständig das Wort »irgendeine«, als würde er selbst an der Glaubwürdigkeit seines Vorhabens zweifeln. Einem Mann mit gesundem Menschenverstand hat diese überaus depressive Stadt nichts zu bieten, sagt Emil, außer er ist zu Besuch hier und sieht sich gerne Sehenswürdigkeiten an. Oder die Frauen, sagt der Mann und lächelt, als gelte es, ein Geheimnis zu bewahren. Aber die Frauen, sagt Emil und schneidet eine lasterhafte Grimasse, sind hier mit einem Kampfwillen ausgestattet, von dem man gedacht hätte, er sei im neunzehnten Jahrhundert vom Erdboden verschwunden. Sie halten sich für glüklich, sagt er, weil sie für ihre Freiheit kämpfen können, die eigentlich keine Freiheit ist, sondern ein einziger Abgrund. Wie oft begegnet man hier einer Frau, die sich überlegen fühlt, die glaubt, sehr klug zu sein, nur weil sie davon überzeugt ist, Männer und ihr chauvinistisches, armseliges Denken durchschaut zu haben! Aber ihre George-Clooney-Bildschirmschoner, flüstert er, werden es wohl kaum schaffen, das einzig Richtige zu tun, um sie vor völliger Nutzlosigkeit zu bewahren, nämlich – sie zu befruchten.

Der Mann schweigt und macht ein Gesicht, das man bei Kindern sieht, die sich nass gemacht haben. Emil tut es Leid, ihn verwirrt zu haben, und er tut so, als würde er plötzlich überprüfen wollen, ob er genug Bargeld in seinem Portemonnaie hat.

Auf einer Bank sitzend schaut er dann den Zügen nach, die Wien in wenigen Minuten verlassen werden. Züge, die gerade ankommen, betrachtet er mit Abscheu, und er freut sich, wenn nur wenige Reisende aussteigen. Dann fällt ihm ein, dass es in der Stadt, in der er aufgewachsen ist, keine Eisenbahnen gegeben hat.
Obwohl er in Bahnhöfen viel Zeit verbringt, kann er sich keinen trostloseren Ort als den Südbahnhof vorstellen. Die Riesenhalle ist abstoßend; ein Denkmal der Durchschnittlichkeit; nichts, das da noch en vogue wäre oder den Blick fesseln könnte. Wenn man auf seinen Zug oder auf einen Reisenden wartet, ist man der grausamsten Langeweile ausgeliefert. Emil bleibt mitten in der Halle stehen, in der Leber des Gebäudes sozusagen, und dreht sich um. Jedem, der sich hier für einen Moment umschaut, murmelt er, muss doch sofort klar sein, in was für eine Stadt er da geraten ist.

Später kann er sich nicht erinnern, ob er die Zahnbürste eingepackt hat, sieht aber plötzlich einen Mann, den er auf einer Veranstaltung kennen gelernt hat, und blendet seine Sorgen um die Zahnbürste kurz aus.

Der Mann ist ein katholischer Priester und schon damals, als er ihm vorgestellt wurde, hatte er gefürchtet, ihm die Hand geben zu müssen, denn er sah wie einer dieser schwulen Typen aus, denen man nicht trauen kann. Der Priester steht an eine Säule gelehnt da und liest ein in schwarzes Leder gebundenes Buch. Auf seiner Stirn stehen Schweißtröpfchen, deren sonderbare Lage dem Gravitationsgesetz widersprechen, und auf seiner Nase sitzt ein großer Pickel, gefüllt mit einer grünen Masse aus Fett und Schmutz. Plötzlich will Emil aufstehen und dem Priester den Schweiß von der Stirn wischen, doch er kann es nicht, denn die Furcht, die er vor allen Priestern empfindet, ist zu groß.

Vor einigen Monaten hatte Belma gesagt, dass es auch in der Kirche ein paar ganz normale Menschen gebe, die nicht pervers wären. Er wollte ihr nicht widersprechen, obwohl ihm das nicht wirklich nachvollziehbar erschien.

im sechsten stockwerk

... ist ein Land, Landesteil oder Ort, in dem man aufgewachsen ist oder sich durch ständigen Aufenthalt zu Hause fühlt (oft als gefühlsbetonter Ausdruck enger Verbundenheit gegenüber einer bestimmten Gegend).

- Grüß Gott!
- Guten Tag.
- Sind Sie nervös?
- Vielleicht, ein bisschen.
- Sie wissen, was von Ihnen erwartet wird?
- Ich soll eine Geschichte erzählen.
- Ja, aber ich merke schon, dass Sie sehr gut Deutsch sprechen. Wie lange sind Sie denn in Österreich?
- Ich weiß es nicht mehr – ich fürchte, dass ich es nicht mehr zählen kann. Ich nehme aber an, länger als ich ursprünglich erwartet habe.
- In Ordnung. Haben Sie eine Geschichte vorbereitet?
- Ja. Eine aus meiner Kindheit.
- Fangen Sie doch bitte an.
- Also ... Als ich vierzehn Jahre alt war, hatte ich einen Freund, der mager und etwas kleiner als alle anderen Kinder war. Wir spielten nicht jeden Tag

zusammen, denn er blieb oft zu Hause und blickte aus seinem Fenster im sechsten Stockwerk. Eines Tages spielten wir in der nahe gelegenen Sporthalle Tischtennis. Er war um eine Spur besser als ich, und er freute sich sehr über jeden Punkt, den er machte. Einmal traf ich den Ball schlecht, und er rollte zu dem zweiten Tisch. Ein Mann, der etwa fünfunddreißig Jahre alt war, hob ihn hoch. Mein Freund wartete kurz, und als der Mann die Absicht zeigte, weiterzuspielen, sagte er leise: Entschuldigen Sie, das ist unser Ball. Der Mann drehte sich plötzlich um und schlug ohne Vorwarnung mit der Faust gegen die Brust meines Freundes. Er flog ein paar Meter weit, fiel dann wie eine Strohpuppe zu Boden und blieb am Rücken liegen. Ich merkte, dass er weinte, konnte mich aber vor Angst nicht von der Stelle rühren. Ein paar ältere Männer, die im Lokal Bier tranken, machten sich gerade über etwas lustig und taten so, als hätten sie nichts von der Sache mitbekommen. Als der Mann aufs Klo ging, half ich meinem Freund aufzustehen, und wir beeilten uns, die Sporthalle zu verlassen. Angeblich ging sein Vater später zur Polizei, und sie versprachen, alles genau zu untersuchen. Nichts geschah. Wir erfuhren noch, dass der Mann ein Krimineller und schon mehrmals im Gefängnis gesessen war. Ich vergaß das alles, bis ich den Freund an dem Tag, als in unserer Heimatstadt die ersten Schüsse fielen, wiedertraf. Ich sagte, dass ich immer schon gewusst hätte,

dass unser Land so enden würde. Er lächelte und flüsterte, er hätte das nicht vorhergesehen, sei aber ziemlich erfreut darüber. Ich hatte keine Zeit nachzudenken und lächelte zurück, als ob wir beide an einer Verschwörung teilgenommen hätten. Ich verließ die Stadt und kehrte nicht mehr zurück.
- Interessant. Ist die Geschichte auch wahr?
- Ich weiß es nicht mehr. Aber ich glaube an sie.
- Verstehe. Ihr Deutsch ist ausgezeichnet. Den zweiten Teil müssen Sie nicht machen. Sie kriegen eine Eins.
- Danke.

Als der Zug langsamer wird und in einem Wald stehen bleibt, denkt Emil, dass man das Vorbeikommen eines anderen, wichtigeren Zuges abwarten müsse. Er sieht aber einige Menschen, die aus den vorderen Waggons aussteigen und umherblicken, als würden sie landschaftliche Schönheiten bestaunen. Ein Mann kommt und erklärt, dass die Lokomotive kaputt ist und dass erst in vier Stunden ein »spezieller« Zug kommen werde, denn die Schneefälle seien ungewöhnlich stark und hätten das Durchkommen normaler Züge unmöglich gemacht. Der Mann, der sich bei der Ansage offensichtlich langweilt, sagt auch, dass in sechs Kilometer Entfernung ein kleiner Ort liege – man müsse nur den Schienen folgen.

Emil steigt aus, denn er will eine Zigarette rauchen und dabei überlegen, was zu tun ist. Als er sieht, dass die Schienen unter der dicken Schneedecke nicht zu sehen sind, fühlt er sich betrogen und machtlos. Dann spürt er plötzlich den Drang, mit jemandem zu reden. Er sieht eine Frau, die alleine dasteht und besorgt in die Ferne blickt, traut sich aber nicht, sie anzusprechen. Als er sein Feuerzeug

in der Tasche sucht, fragt ihn ein schwarzer Mann, ob er ihm eine Zigarette geben könne. Sicher, sagt Emil, als ob er den ganzen Tag nur darauf gewartet hätte, von jemandem um einen Gefallen gebeten zu werden. Der Mann bedankt sich und schaut ihm direkt in die Augen, was ihn ein wenig beunruhigt. Sie rauchen und stehen eine Weile schweigend da, wobei Emil erwägt, irgend etwas zu sagen, um mit dem Mann ins Gespräch zu kommen.
Woher kommen Sie, fragt er und wird gleich rot, denn er wollte den Fremden nicht mit seiner Herkunft konfrontieren, und er hofft, er würde seine Frage einfach ignorieren. Aus Nigeria, antwortet der Mann und lächelt zuversichtlich, als höre er die gleiche Frage mehrmals am Tag. Er sagt, dass er François heiße, und reicht Emil seine rechte Hand.

Eine Stunde später bedauern sie, entschieden zu haben, nicht auf den Zug zu warten und zu Fuß bis zum nächsten Ort zu gehen, denn es fängt wieder zu schneien an. Emil meint, dass sie schon zu weit weg wären, um zurückzugehen, und sie marschieren weiter. Der Mann aus Nigeria dreht sich alle fünf Minuten um, als würde er sich vergewissern wollen, dass sie von niemandem verfolgt werden. Weit und breit ist nichts zu hören oder zu sehen, und Emil denkt, er würde sich einen solchen Tod wünschen. Als er dies auch laut sagt, lacht sein Mitgeher und meint, dass er nicht verstehen könne, wieso man in

Europa immer an den Tod denken müsse. Sie schweigen und Emil stellt sich vor, sie befänden sich in einem Kurzfilm, und dieser Augenblick sei das erste Bild, das die Zuschauer zu sehen bekämen.

Sie erreichen den kleinen Ort und finden ein Restaurant, in dem es außer zwei Kellnern keine Menschen gibt. Sie essen eine Suppe, trinken ein Bier und gehen zurück zum Bahnhof, wo sie, auf den Zug wartend, über französische Literatur und Chansons reden. Als sich herausstellt, dass sie beide Albert Camus mögen, traut sich Emil nicht, die Frage nach dem Lieblingsbuch zu stellen.

Als sie am gleichen Tag in Wien ankommen, fragt François Emil, ob er am Abend etwas vorhabe, und als Emil nein sagt, lädt er ihn auf eine Party ein. Emil kommt erst um elf Uhr und wird gleich von lachenden Menschen umkreist, die sich, wie er meint, alle untereinander kennen, was aber gleich widerlegt wird, denn ein Mädchen fragt einen älteren Mann, der neben ihr steht, wie er heißt. In der Gruppe wird viel gelacht und erzählt, und er versteht nicht alles, und einige Geschichten kommen ihm fremd vor, als würden sie in einer neuen Kunstsprache erzählt. Er wünscht sich, allein zu sein, das Mädchen gefällt ihm aber sehr, und er entscheidet, weiter zu trinken und es zu beobachten.

Später taucht auch François auf, und Emil fühlt eine Erleichterung. Als ihn François fragt, ob er schon betrunken ist, weiß Emil nicht, ob er die Frage als einen Vorwurf verstehen soll, er sagt aber ja, und legt sich auf eine Couch. Das laute Gelächter kommt ihm nur mehr wie ein Bestandteil des zweiten Filmbildes vor, in dem er eine wichtige Rolle spielt. Kurz darauf versucht er aufzustehen, denn er hört, wie eine weibliche Stimme ein Gespräch mit ihm beginnen will. Als er merkt, dass es das schöne Mädchen ist, ist es schon weg. Er legt sich wieder hin und erinnert sich, wie ihm jemand vor ein paar Wochen eine Geschichte über einen Schriftsteller erzählt hat, wahrscheinlich über Peter Handke, der sich angeblich weigerte, mit Menschen, die keinen Alkohol trinken, am selben Tisch zu sitzen.

Zwei Wochen danach entscheidet Emil, François in seinem Heim zu besuchen. Als er das alte Haus betritt, ist er auf einmal verunsichert, wie einer, der einen guten Freund oder einen Verwandten nach einem Autounfall im Spital besuchen muss. Er trifft einen Mann, den er auf der Party gesehen hat, der ihm sagt, dass François mit zwanzig weiteren Nigerianern wegen Verdachts auf Rauschgifthandel verhaftet worden sei. Als er am selben Tag versucht, etwas über François herauszufinden, wird ihm von höflichen Polizeibeamten nichts oder irgendein Blödsinn erzählt. Er versucht es an mehreren Stellen, spürt aber schnell, wie Müdigkeit in ihm hochsteigt, und er geht nach Hause.

Er versucht, das Drehbuch, an dem er gerade arbeitet, fertigzustellen; er sitzt aber eine Stunde bewegungslos an seinem Küchentisch, ohne ein einziges Wort schreiben zu können, denn es fehlt ihm das dritte Bild. Er öffnet eine Bierdose und stellt sich vor, er würde François im Gefängnis besuchen. Es ist dunkel, und er sieht nur seine Augen und die Zähne, wenn er den Mund aufmacht. François erzählt ihm mit leiser, eintöniger Stimme seine Lebensgeschichte. Als er endlich zu reden aufhört, schaut er ihm direkt in die Augen, was Emil wieder beunruhigt. Jemand schaltet das Licht im Hof aus, und seine Augen verschwinden, worauf Emil erleichtert ist.

Am nächsten Tag schickt er das Drehbuch einem Bekannten, der Regisseur ist, geht ins Café und bestellt sich ein kleines Bier und einen Kuchen. Er blättert die Zeitungen durch, in denen wieder einmal nichts Interessantes steht, er steht auf und geht aufs Klo. Durch das hintere Zimmer gehend, merkt er mit einer Art Bewunderung, dass er die alten Menschen, die da fast jeden Tag Karten spielen, alle schon mehrmals gesehen hat, aber von niemandem den Namen kennt. Eine Frau hebt ihren Kopf, nimmt ihre Brille von der Nase und mustert ihn mit neugierigem Blick. Plötzlich fühlt er sich wie ein Außerirdischer und weiß nicht, ob er sich für sein Durchdaszimmergehen entschuldigen soll. Im Klo eingesperrt, macht er verächtliche Grimassen vor dem Spiegel und stellt sich vor, dahinter sei eine Kamera und er wäre jetzt live im Internet zu sehen.

Als ich im Flugzeug saß, das nach Wien flog, schaute ich auf die Wolken, die den Blick zur Erde versperrten, und versuchte, meinen ersten deutschen Satz auszusprechen. Ich sagte ihn ein Mal leise zu mir und wiederholte dann in Gedanken: Mein Name ist Denis. Meine Familie wartete auf dem Flughafen, mit Freunden, die mir den Garantiebrief geschickt hatten.
Die Tische in dem Café, in das wir eintraten, waren klein, höchstens für drei Personen gedacht, und aus Glas gemacht. Jemand schlug vor, zwei Tische zusammenzustellen. Ich stellte meinen Koffer ab und fing an, einen Tisch zu schieben, denn zum Tragen erwies er sich als zu schwer, vor allem nach der langen Reise, die ich hinter mir hatte. Als sich die zwei Tische berührten, hob ich meinen Kopf und sah ihn das erste Mal. Er stand noch in der Tür und suchte jemanden oder etwas, mit einem ängstlichen Blick, der mich an den Blick eines kleinen Kindes erinnerte. In dem selben Augenblick hörte man einen leisen Knall, und die Glasoberfläche des einen Tisches, ich denke, dass es der war, den ich geschoben hatte, zerbrach in Hunderte kleine Stükke. Meine Mutter sagte, es wäre ein gutes Zeichen,

sie konnte aber nicht erklären wofür. Ich dachte daran, den Moment einmal in einem Text zu beschreiben, ich stellte mir sogar vor, man könnte aus dem Augenblick ein ganzes Buch machen, einen Roman oder Reisebericht. Mein Vater sagte, dass so etwas möglich sei, dank der – er hat wirklich das Wort »dank« verwendet – statischen Elektrizität, obwohl er zugab, etwas Ähnliches nie erlebt zu haben. Ich schwieg, während die Kellnerin die kleinen Glasteile einsammelte. Als ich wieder zur Tür blickte, war er nicht mehr da. Dann sagte ich: Mein Name ist Denis, und alle fingen zu lachen an, denn ich hatte den Satz wiedergegeben, so wie er in dem kleinen Sprachbuch stand, und hatte vergessen »Denis« durch meinen richtigen Namen zu ersetzen.

gleichgewicht

Seit die ersten kalten Tage angebrochen sind, fürchtet Emil, sich eine Erkältung zuzuziehen oder an einer Grippe zu erkranken. Jeder Tag scheint ihm ein perfekter Tag für die Ausbreitung der unterschiedlichsten Krankheitserreger. Wenn die Temperatur sinkt, vermutet er, dass er noch am gleichen Abend husten wird. Als es einmal plötzlich wärmer, frühlingshafter wird, ahnt er schon, wie sich die Viren mit Hilfe des starken Windes verbreiten und entspannte, unvorsichtige Menschen angreifen würden. Nur die Regentage, die aber immer seltener werden, scheinen ihm halbwegs sicher.
Er überlegt, wie peinlich es sein müsse, in der Firma anzurufen und die Sekretärin zu bitten, dem Chef mitzuteilen, dass er krank sei und leider nicht zur Arbeit erscheinen könne. Er würde sicher ein schlechtes Gewissen haben, denn niemand würde glauben, dass er wirklich krank sei. Alle würden meinen, er würde die Gunst der Stunde nützen, jetzt, da schon so viele Stadtbewohner Grippe hätten.
Im Café Weidinger liest er die Wettervorhersage für den Winter, in der steht, dass man sich auf rekordverdächtige Minustemperaturen vorbereiten müsse. Er beginnt zu zittern, obwohl es in dem großen

Raum warm ist, und bestellt sich gleich einen Tee mit Zitrone.

Denis ruft an und sagt, dass am Abend eine Lesung einer jungen Berliner Schriftstellerin stattfindet; wenn er Lust hätte, solle er mitkommen. Emil spürt keine Lust, entscheidet aber mitzugehen, denn er hofft, Denis würde ihn auf andere, weniger bizarre Gedanken bringen, und außerdem weiß er nicht, was man an einem so trübseligen Abend sonst unternehmen könnte. Als er sein Handy in die vordere Hosentasche steckt, fällt ihm ein, dass er sich versprochen hat, das Handy immer in der hinteren Tasche oder in der Hand zu tragen; ein Arzt hat ihm nämlich einmal erklärt, die Handystrahlung sei schlecht für Nieren und Hoden und könne zu Zeugungsunfähigkeit führen. Er stellt fest, dass er schon lange keine Kontrolle über seine eigenen Bewegungen und Handlungen mehr hat. Genau so wie er jetzt sein Handy einfach irgendwo eingesteckt hat, tut er oft Dinge, die er gar nicht will, als ob er unfähig wäre, das zu tun, was er will.

Später bleibt er verunsichert und unentschlossen vor der Eingangstür einer Billa-Filiale stehen. Neben der Aufschrift »Ich darf nicht hinein« liegt ein großer schwarzer Hund. Menschen, die in das Geschäft wollen, gehen einfach an dem Hund vorbei, einige streicheln ihn sogar oder winken ihm zu,

für Emil aber scheint es keine leichte Aufgabe zu sein. Als er vorsichtig näher kommt, öffnet sich die automatische Tür von selbst; er tritt ein und benimmt sich wie jemand, der den Hund gar nicht bemerkt hat.
Bei den Waschmitteln steht eine alte Verkäuferin und zeigt einem Jungen, wie er die Schachteln in das Regal stapeln soll. Jedes Mal, wenn sich der Junge dem Regal zuwendet, beugt sie sich zu ihm und riecht an seinem Haar. Emil tut so, als würden ihn die Waschmittel überhaupt nicht interessieren. Als die Verkäuferin Grüß Gott sagt, grinst er und wünscht ihr einen guten Tag.

In der Schlange wartend, überlegt er, wieso hinter Supermarktkassen nur dumme Menschen arbeiten, findet aber keine plausible Erklärung. Er denkt, dass es viel angenehmer wäre, bei einer attraktiven Frau im Bikini zu zahlen. Als nur noch ein kleines Mädchen vor ihm steht, stellt sich heraus, dass es nicht genug Geld hat, um die beiden Flaschen Coca-Cola zu bezahlen, die es genommen hat. Die Kassiererin versucht, dem Mädchen klar zu machen, dass es nur eine Flasche mitnehmen kann. Das Mädchen schweigt und blickt sie verwirrt an. Währenddessen bildet sich eine lange Schlange ungeduldiger und unzufriedener Kunden. Als die Kassiererin nach einer Flasche greift, fragt der Mann, der hinter Emil steht, wie viel Geld dem Mädchen denn noch fehlt. Dann nimmt er vierzig Groschen aus dem Portemonnaie und reicht sie der Kassiererin, die für einen Augenblick mit der Aufgabe nicht zurechtkommt. Emil schämt sich, dass er nicht vor dem Mann auf die gleiche Idee gekommen ist. Er schaut durch die Ausgangstür und beim Zahlen tut er so, als würde er die Sprache nicht verstehen.

Nach der Lesung kommt er aus der Toilette und geht zum Buffet. Er merkt, dass viele Literaturinteressenten ihre Teller überladen haben, sodass sie große Mühe haben, sie zu tragen. Sie essen gierig, als würden sie versuchen, schlechte Literatur mit dem Essen hinunterzuschlucken. Als er ein Stück Brot nimmt und es dann doch zurück in den Korb wirft, fällt ihm ein, dass er seine Hände nicht gewaschen hat. Die junge Dichterin, die gerade aus ihrem ersten Buch gelesen hat, nimmt ein paar Minuten später das Stück, das er angefasst hat, und lächelt ihn an.

Er beobachtet ihr fleckiges Gesicht und merkt, dass eine leichte Spur von Aufregung auf ihren blassen Wangen flimmert, auf ihren Wimpern, auf der Nasenspitze, auf dem kleinen Mund und den Lippen, die derart dünn sind, dass man kaum glauben würde, dass sie mit diesen Lippen überhaupt ein Wort formen kann. Später erzählt sie ihm von der Berliner Literaturszene und tritt näher. Er tut so, als

höre er sie wegen des Lärms in dem kleinen Raum nicht und kommt ihr so nahe, als wäre er ihr Liebhaber und würde sie küssen wollen. Als sie aufhört zu reden, sagt er, dass der Apfelstrudel ausgezeichnet ist. Dabei atmet er schwer und versucht, die warme Luft aus ihrem Mund einzuatmen.
Sie entschuldigt sich und geht zu einem Mann, der alleine dasteht und auf sie wartet; plötzlich ist Denis wieder da und macht einen geschmacklosen Witz über hässliche Schriftstellerinnen. Er überlege, sagt er laut, ob man Schriftsteller nicht am Tag des Erscheinens ihres ersten Buches töten solle. Man könnte alles wie gewohnt vorbereiten: lesen, essen, plaudern, vielleicht gute Musik hören, und am Schluss dann den Schriftsteller abschlachten.

Denis klingt überzeugend, auch wenn er schräge Weltansichten von sich gibt, als handle es sich um ganz normale, alltägliche Dinge. Emil blickt ihn an und versucht, ihm mit Zeichensprache klar zu machen, dass er kotzen muss.

In der U-Bahn breitet sich ein widerlicher Gestank aus. Emil starrt den Sitzplatz an und überlegt kurz, ob er sauber und trocken ist. Als er sich zu einem älteren Mann setzt, sieht er, dass er in der »Ganzen Woche« blättert. Auf dem Cover ist ein Bild des französischen Präsidenten, den der Fotograf mit einem unglücklichen Gesichtsausdruck erwischt hat, sodass man denken könnte, er sei ein Vollidiot. Der Mann zuckt mit dem Kopf, als sei das, was er gerade liest, unfassbar. Emil wird noch schlechter, und er wünscht sich, so bald wie möglich an die Erdoberfläche zu kommen. Plötzlich fühlt er, dass er nicht hierher gehört; dass Wien nicht seine Stadt ist; dass er ständig von Feinden beobachtet wird; dass es wahrscheinlich noch immer Gaskammern gibt. Als er aufsteht, fühlt er die Augen des Mannes auf seinem Hinterkopf. Er versucht, wie ein Tourist auszusehen, für den jede Einzelheit interessant ist, wie: Werbeplakate, Tür, automatische Ansage ...

Als er in die Wohnung tritt, macht er die Tür nicht ganz zu, als würde er eine Fluchtmöglichkeit vorbereiten. Dann fällt ihm ein, dass im Hof jemand hinter ihm hergelaufen ist, er geht drei Schritte zurück und, ohne sich umzudrehen, horcht er eine Weile. Obwohl er weiß, dass die Räume leer sind, sagt er: Da bin ich, um dem Verfolger vorzutäuschen, er wäre nicht allein.
Die Luft im Wohnzimmer ist warm, aber die Wand, gegen die er seine Hand drückt, ist kalt wie in einem Keller, und er überlegt, ob seine Worte deswegen so klingen, als gehörten sie einem anderen. Es ist bedrückend, sagt er zu sich selbst, seine eigenen Worte nicht mehr zu erkennen.

Er fürchtet sich, das Licht anzumachen, denn er hat

das Gefühl, die ganze Wohnung könnte aus dem Gleichgewicht kommen und in sich zusammenstürzen. Am schönsten wäre es, überlegt er, wenn jetzt jemand kommen und ihm sagen würde, dass er sich verirrt hat und dass er sich in einer fremden Wohnung befindet. Er würde Wien vielleicht endlich verlassen und nach Hause zurückkehren, denn in der großen Stadt kennt er niemanden, der bereit wäre, ihn aufzunehmen; auch wenn es nur um ein paar Tage ginge.

Emil sitzt in seinem Auto und beobachtet die vorbeigehenden Menschen, die sich, so scheint es ihm plötzlich, alle ziellos bewegen; niemand, den er auf der Straße sehen kann, hinterlässt den Eindruck, als wüsste er ganz genau, welche Richtung seine Beine im nächsten Moment einschlagen werden. In solchen Augenblicken hat er Angst, alles um ihn könnte zusammenbrechen, er versteht nicht, wie das System, das sich die Menschen ausgedacht haben, überhaupt funktionieren kann, alles erscheint ihm schwach und unlogisch, auf Annahmen aufgebaut, vor allem die Großstadt. Er fürchtet, ein nicht einkalkulierter Fehler, eine Energieschwankung, ein Scherz oder ein falsch interpretiertes physikalisches Gesetz könnten plötzlich das ganze System zum Absturz bringen und er würde es miterleben. Er meidet den Blick in den Rückspiegel und überlegt, wem er seine lächerlichen, paranoiden Gedanken offenbaren könnte, es fällt ihm aber niemand ein.

Als er den Motor abstellt und das Radio ausschaltet, hört er Kinder, die im Schulhof im Chor singen. Gerührt bleibt er eine Weile sitzend im Auto, hört zu und fängt zu weinen an. Immer wenn er an

Kinder denkt, wünscht er sich, er hätte auch eine Tochter oder einen Sohn, und er macht sich Vorwürfe, seine Zukunft nicht vorsorglicher zu planen und stattdessen jede Frau, und somit jede Empfängnismöglichkeit, zu vertreiben. Um sich auf andere Gedanken zu bringen, erinnert er sich, wie er als Kind das Singen gehasst hat und wie peinlich es ihm immer war, wenn die Chorleiterin ihm erklärte, bei welcher Stelle er besonders aufpassen müsse. Einmal hatte sie ihn vor den anderen Kindern gelobt, und das war ihm aus irgendeinem Grund noch peinlicher.

In der Firma versucht er, sich ganz normal zu verhalten, denn er fühlt sich nicht wohl bei dem Gedanken, jemand könne erfahren, was passiert ist. Er trinkt einen Kaffee und unterhält sich mit Herbert, einem Kollegen, der die Kundenakquisition macht und immer ehrlich zugibt, dass er von Technik keine Ahnung hat. Dabei schneidet er eine Grimasse, als wäre das, wovon er spricht, eine Art Krankheit, die ihn zum Glück noch nicht befallen hat. Er ist der Typ, der davon überzeugt ist, dass Verkaufen und Kundenkontakt geistige, Intelligenz fordernde Tätigkeiten sind. Ständig erzählt er Witze, die von dummen, verstockten Technikern handeln, und betont dabei, Emil und andere Mitarbeiter seien anders. Wenn er einen solchen Scherz erzählen will, fängt er an mit: Das betrifft dich natürlich nicht ... In einer kleinbürgerlichen Gesellschaft bringt ihm seine Einstellung keine Nachteile, aber Herberts Pech ist nicht seine innerliche Wüste, sondern seine äußerliche Hässlichkeit. Er hat kleine runde Augen, die in der Relation zu seinem Kopf etwa eins zu zweihundert stehen, sodass jeder, der ihn zum ersten Mal sieht, lachen muss, als sehe er einen Looney Tune und keinen erwachsenen Mann. Er erzählt Emil, dass er vorhabe, sich am Wochenende mit seinem Bruder, den er drei Jahre nicht gesehen habe und der seit zwei Monaten von einer schlimmen Krankheit zerrissen werde, zu versöhnen.

Zu Mittag isst er mit der Sekretärin, die ihm von Dingen berichtet, die in der Firma schon ewig falsch gemacht würden. Obwohl sie das wisse, getraue sie sich noch nicht, mit ihrem Vorgesetzten darüber zu reden, würde es aber bei der nächsten Fehlentscheidung sicher tun. Emil nickt nur und versucht sich vorzustellen, mit einer solchen Frau verheiratet zu sein und ein paar Kinder mit ihr großzuziehen. Sie merkt, dass er ihr nicht zuhört und setzt eine Miene auf, die man bei Frauen sieht, die mit großen Lebensweisheiten vertraut sind. Als er sie fragt, wieso sie ihn so ernsthaft anschaut, sagt sie nur, dass er in letzter Zeit einen merkwürdigen Eindruck hinterlasse. Ihre Aussage überrascht ihn, und plötzlich ist er verunsichert und fühlt sich wie einer, den man bei einer Verschwörung erwischt hat. Er fragt sie, was sie damit meine und ob jemand über ihn Schlechtes erzähle, sie antwortet aber nicht und schweigt, sichtlich entschlossen, darüber kein Wort mehr zu sagen.

Am Abend geht er mit Belma ins Kino und sie schauen sich La Vita è Bella von Roberto Benigni an. Der Film langweilt ihn und bei pathetischen Szenen kriegt er laute Lachanfälle, sodass sich eine Frau, die neben ihm sitzt, ängstlich auf die andere Seite beugt. Vielleicht wird er die ganze Zeit beobachtet, denkt er nach dem Film und entscheidet, seinen Rechner morgen nach Trojanerprogrammen zu untersuchen. Die feuchte Nacht erinnert ihn an einen interessanten, lustigen Film, Night on Earth, in dem Benigni auch gespielt hat, und plötzlich hat er Lust, mit dem Taxi nach Hause zu fahren. Er hebt seine rechte Hand und winkt einem Taxifahrer. Zu spät merkt er, dass der Fahrer ein langweiliger Bulgare ist, der nicht mehr als vierzig fährt und die ganze Zeit auf die Straße starrt, als würde das, was er macht, eine Art Bestrafung sein.

Ich bekam eine Einladung zum Treffen der Soros-Stipendiaten. Es fand am Wolfgangsee statt, in einer schönen Gegend, und obwohl ich sonst Studenten zu meiden versuche, nahm ich daran teil, denn es ging letztlich ums Geld, und ich hatte Angst, ich könnte etwas Wichtiges verpassen und das Stipendium im nächsten Jahr verlieren. In einer Art Kongresszentrum erwarteten uns: ein Professor, der alles vorbereitet hat, eine selbsternannte Balkanexpertin aus Wien, die eher wie eine nette Hausfrau aussah, eine Soziologin, ein Vertreter der bosnischen Regierung und ein Vertreter der österreichischen Regierung – mit anderen Worten, ein schönes Empfangsteam. Nach ein paar Einführungsgesprächen teilte man uns in mehrere Arbeitsgruppen mit unterschiedlichen Themen auf. Meiner Gruppe mit dem Thema »Fremdkapital in Bosnien-Herzegowina« war das österreichische Regierungsmitglied zugeteilt. Er bemühte sich auszusehen, als wäre er an unserer Diskussion wirklich interessiert, ich hörte ihm aber nicht zu, denn die Frau, die neben ihm saß, hatte einen Minirock und sehr schöne Beine. Sie ging dann weg, und als ich dem Einschlafen nah war, sagte er auf einmal, dass die Menschen in Bosnien ihre Mentalität ändern müssten, wobei sie, die Österreicher, bereit seien, zu helfen und mitzuwirken. Als ich ihn fragte, wie man so etwas üblicherweise durchführe und ob es schon medizinische Eingriffe gebe, die dies beschleunigen könnten, wurde er rot im Gesicht und ich schämte mich, denn ich hatte kein Recht, ihn zu provozieren und mit überflüssigen, ironischen Anmerkungen zu reizen. Ich empfand eine Art Sympathie und Zuneigung für den Mann, der für einen Österreicher untypisch schön war, denn auf alles, was man ihn fragte, bemühte er sich, mit klaren, einfachen Sätzen eine Antwort zu geben. Mir nannte er sogar ein Beispiel und sagte, dass sich die Deutschen nach dem Zweiten Weltkrieg geändert hatten; Österreich wollte er aus irgendeinem Grund nicht als Exempel nehmen. Später ging ich am See spazieren, und ich erinnerte mich, wie ich einmal mit einer aus Deutschland stammenden Studentin über den Krieg geredet hatte. Sie war entsetzt gewesen und konnte nicht verstehen, dass es »unten« so viele Barbaren gebe, dass der Hass »seit Jahrhunderten« so groß sei und dass man inzwischen sogar Konzentrationslager errichtete. Als ich sagte, dass es die Deutschen vor fünfzig Jahren ja noch viel besser gekonnt hätten, war sie plötzlich empört und fragte mich, ob man damit denn niemals abschließen könne. Heute jedenfalls wäre hier so etwas unmöglich, und außerdem seien alle »Teilnehmer«

inzwischen gestorben. Ihre entblößte Abgestumpftheit rührte mich. Als ich ihr gratulieren wollte, denn als Kind zweier Barbaren hatte sie es in beachtenswert kurzer Zeit geschafft, zur Zivilisation aufzusteigen, die der Grundstein des modernen Europa ist, sah ich eine Fliege in meiner Suppe, das Kotzen konnte ich aber gerade noch vermeiden.

Emil überlegt, was er in den drei Urlaubswochen unternehmen könnte, es fällt ihm aber nichts Aufregendes ein. In einem Reisebüro blättert er einige Reiseprospekte durch; als er merkt, dass ihn ein Angestellter nicht aus den Augen lässt, bedankt er sich und geht bedrückt nach Hause. Am Abend spürt er, wie sich eine kleine Wohnungsdepression andeutet. Er trinkt ein Aspirin mit Vitamin C und geht früh ins Bett. Er wacht gegen zehn Uhr auf und entscheidet, das Bett nicht zu verlassen, bevor ihm etwas einfällt. Elf. Zwölf. Eins. Um zwei Uhr muss er aufstehen, denn er hat Angst, seine Blase könnte platzen.

Er frühstückt in einem Café, dessen Namen er sich nicht merken kann, obwohl er seit Jahren dort hingeht. Er spaziert im siebenten Bezirk herum und ärgert sich, als er zum hundertsten Mal feststellt, dass im Café Europa alle Kellner Vollidioten sind. Zu Hause macht er auf einem A3 Papier einundzwanzig getrennte Blöcke, die seine Urlaubstage darstellen, und schreibt in einen ein »x«, als würde er Minesweeper spielen.

Als er später ein Stück Schokolade isst, erinnert er

sich an einen Schokoriegel, den er als Kind gerne hatte. Er ruft den Cousin in Sarajevo an und fragt ihn, ob es den Schokoriegel noch gibt, und als die verwirrte Stimme dies bestätigt, beschließt Emil, eine oder zwei Wochen in Bosnien zu verbringen. Schließlich, überlegt er, war er seit der Flucht nicht mehr in seiner Heimat. Am nächsten Tag ruft er seinen Cousin noch einmal an und verkündet, dass er nach Sarajevo kommen, aber in einem Hotel schlafen werde, worauf sein Cousin beleidigt ist und Emil mit ernster Stimme, die keine Erwiderungen duldet, mitteilt, dass es bei ihm genug Platz gebe. Es ist also gewissermaßen eine Rückkehr, meint sein Cousin am Ende des Gespräches.

Emil ruft einen Bekannten an, um sich zu erkundigen, ob es morgen Busse gibt, die nach Sarajevo fahren, dann packt er einen Koffer, und als er nichts mehr zu tun hat, denkt er über die bevorstehende Reise nach. Plötzlich hat er das Gefühl, unbedacht und leichtsinnig zu handeln und zweifelhaften Beweggründen blind zu folgen. So sehr er auch versucht, nicht an die möglichen Gefahren zu denken und dem Krieg keine Bedeutung mehr beizumessen, es bildet sich doch eine Ungewissheit in ihm, als wäre er in ein fremdes Land unterwegs, ohne sich vorher ausreichend informiert zu haben. Vielleicht gibt es Krankheiten, gegen die er sich impfen lasssen müsste; vielleicht hat das Wasser keine Trink-

wasserqualität; er wüsste zum Beispiel auch nicht, wie viel Trinkgeld man heute üblicherweise gibt oder ob die Taxifahrer gefährlich sind.
Die Morgendämmerung mildert seine Befürchtungen, und sein Zustand bessert sich; er verspricht sich, seine Angst nicht mehr mit Vermutungen zu nähren, die unangenehme Gefühle hervorrufen. Er rasiert sich, geht einkaufen, macht ein paar Sandwiches, gießt die Pflanzen im Wohnzimmer und überprüft, ob alle Fenster zu sind. Gegen siebzehn Uhr bestellt er ein Taxi; es stellt sich heraus, dass der Fahrer ein Bosnier ist und dass er genau weiß, wo die Busse in der Gumpendorfer Straße stehen. Er sagt zuversichtlich, dass sie mit dem Auto in zwei Minuten da sind.

Als er sich bei dem Taxifahrer bedankt, kommt ein Mann auf ihn zu und fragt ihn, ob er einen Bus braucht. Emil nimmt einen verwirrten Ausdruck an und sagt nur ja. Im nächsten Augenblick kommt ein weiterer Busfahrer und versucht, ihn abzuwerben, indem er behauptet, billiger zu sein als der andere. Der Erste macht einen erbärmlichen Eindruck, und Emil richtet das Wort an den Zweiten; dann hört er, wie der Erste hinter ihm schimpft, und bevor er es überhaupt wahrnimmt, gehen sie aufeinander los und schlagen sich mit Fäusten. Ein paar andere Männer schauen eine Weile zu, dann ergreifen sie die Initiative und trennen die beiden. Alle beraten sich und kommen zu dem Schluss, dass der Erste der Erste war und dass Emil mit ihm fahren soll. Emil hat nicht das Geringste dagegen und der Fahrer ergreift seinen Koffer, und mit einem Lächeln sagt er: Bitte.

Die Reise dauert zwölf Stunden. Die ganze Nacht wird laut populäre Volksmusik gespielt, sodass es unmöglich ist einzuschlafen. Emil sitzt im hinteren Teil des Busses und fühlt sich wie ein Fremder. Die Freude, mit der er seinem Land entgegenging, wird mit jedem Kilometer kleiner, und an ihre Stelle tritt eine unsägliche Unsicherheit.

heimat

Das ist ein Land für uns
Das ist ein Land für alle unsere Menschen
Das ist ein Haus für uns
Das ist ein Haus für alle unsere Kinder
(Milan Mladenovic, EKV)

Im Traum spaziert Emil über eine Wiese, auf der er sich vor vielen Jahren oft die Zeit vertrieben hat. Er nähert sich einem verlassenen Haus, vor dem zwei Kinder mit einem kleinen runden Gegenstand spielen, und als er bei ihnen stehen bleibt, merkt er, dass der Gegenstand eine Handgranate ist und dass beide Kinder geistig behindert sind. Als er ihnen die Handgranate wegnimmt, fangen sie zu weinen und zu schreien an, und er spürt, wie ihn ein unangenehmes und unheimliches Gefühl daran hindert, sich zu bewegen, als liege eine große Last auf seinen Gliedern. Er wünscht, die Granate wäre nur ein Spielzeug, und bemüht sich, einen Schritt zu machen; es gelingt ihm, sich zu befreien, und er läuft weg. In seiner Wohnung weiß er dann nicht, was er mit dem gefährlichen Ding tun soll. Er versucht, es zu verstecken, fürchtet aber, die Polizei könnte es finden und ihn aus dem Land deportieren. Verzweifelt spürt er, wie der Raum um ihn immer kleiner wird, dann wacht er auf und empfindet große Erleichterung, alles nur geträumt zu haben.

Am späten Nachmittag spaziert er über die Baščaršija und beobachtet die schönen Mädchen, die wie Topmodels hin und her schreiten, als wäre die ganze Stadt eine Showbühne. Obwohl er Sarajevo nie mochte, denn es ist eine kleine, gar nicht aufregende Stadt, die noch dazu ihr altes Flair verloren hat, fühlt er sich großartig. Die Stadtbewohner sehen aus, als würden sie keinen Kummer haben, und obwohl er weiß, dass das alles nur eine Art Täuschung ist, wundert er sich, wie leicht es ist, das Leben zu genießen. Das System, vor dem er sich oft fürchtet, scheint hier nicht zu funktionieren, als würde ein wichtiger Bestandteil fehlen. Das erinnert ihn an einen Witz, in dem ein Kind problemlos ein Auto hochhebt, weil es nicht weiß, wie schwer zwei Tonnen eigentlich sind.

Als er auf der Brücke steht, in deren Nähe Gavrilo Princip Franz Ferdinand und dessen Frau ermordet hat, denkt er, wie mutig es ist, einer Besatzungsmacht so entgegenzutreten und sich uneigennützig zu opfern. Er stellt fest, dass Menschen wie Gavrilo heute selten sind und fühlt, wie eine Traurigkeit in ihm hochsteigt. Er erinnert sich, wie er einmal, als der Papst in Wien war, heimlich mit dem Zeigefinger der rechten Hand auf ihn gezielt und ein paar Schüsse abgefeuert hat, als wäre seine Hand eine Waffe; er weiß aber, dass er nie in der Lage wäre, im entscheidenden Moment abzudrücken.

Plötzlich empfindet er eine Art unbestimmter Sehnsucht nach Wien und wird damit für den Beobachter uninteressant. Er verblasst. Einer könnte meinen, er zieht sich zurück, einer schimpfen, für einen Dritten kommt sein Verschwinden zu überraschend; zu schnell; ist zu vulgär; zu schlicht; zu trostlos. Da lässt sich nichts machen.

Fast schon unsichtbar wird Emil in ein Wirtshaus eintreten. Er wird es noch schaffen, ein Bier zu bestellen und ungefährdet Menschen zu beobachten, die laut reden und über ihre sexuellen Erfahrungen berichten. Alles Männer. Er wird sich vorstellen, eine Art Superman zu sein, eine Art Beschützer. Das wird ihm gut tun. Er wird eine Handgranate in seiner Tasche finden, ihre Sicherung lösen, sie auf den Boden werfen und hinauslaufen. Nach zehn, elf, zwanzig, fünfundvierzig Sekunden wird er sich wundern, wieso sie nicht hochgegangen ist. Trotzdem wird er zufrieden sein und in die Fremde heimkehren.

Denis Mikan, geb. 1974 in Titograd (heute Podgorica)/Montenegro, lebte bis zum Kriegsausbruch in Zvornik/Bosnien-Herzegowina. Seit 1996 wohnt er in Wien.

Denis Mikan erhielt 1998 den ersten Preis der Literaturpreise »schreiben zwischen den kulturen« des Vereins Exil.